村上春樹與精神分析

心的顏色／

和

森林的歌／

目　錄

【 起步 】

精神分析和小說 相互美麗 對方看不見的地方

———— 蔡榮裕 ————

　　這是2015年11月7日，在臺灣精神分析學會會址所舉辦的精神分析應用的活動，讓文學和精神分析之間嘗試產生交流的起點，這是一條長路，這場活動只是起點。

　　這天是值得紀念的日子，一是偉大文學家卡繆的生日，他的《異鄉人》和《城堡》，是我在大學時代喜愛的作者，當時台灣還在戒嚴時代下的禁制，這些小說好像能窺見一些希望和了解，甚至暫時接受現況。坦白說，這是很奇怪的感覺，現實體制下的禁忌，反而是培養想要看清楚到底是怎麼回事的心情。

　　這些經驗相對於目前的年輕讀者來說，的確是屬於另一個世代的事了，一如精神分析是十九世紀末的事，我們一群人需要做的是，如何讓這些推動我們往前走的動力，成為一個時代的見證。但這仍是不夠的，還需要不斷地跟當代有對話。村上春樹的小說在台灣有它的某

種當代意義，在台灣的讀者群也不少，因此我們啓動了
這場活動，希望讓精神分析在台灣有當代意義的對話。
臺灣精神分析學會以前也曾舉辦過和電影相關的對話，
不過這場以村上春樹爲主題的精神分析和文學的對話，
是我們首次如此動員內部會員的活動。

多年來，台灣人對於做自己的主體性，有多少深化，
有多少自由呢？當制度讓我們自由時，我們的心智願給
自己多少自由？再加上制度，尤其是國家機器的政治制
度，通常不會輕易給人自由。我們不能過於野心地說，
精神分析和文學的這場對話，具有對於台灣社會的自由
產生多少的影響。不過，我相信我們需要的是一盞小火
燭，維持著小火燭的光不是很亮，但是讓人看見它的存
在。

回到這場活動本身，從現場的互動氣氛，和聽眾表
達的意見和問題，讓我們知道這種意猶未盡的感受，應
還有再接力下去的活動，可以再思索。一如最後時刻，
秘書長楊明敏醫師宣佈的，我們會將這次活動的內容變
成文字稿，再由講者校對潤飾或補充後出版成書。讓瞬
間消失的聲音變成文字在紙本上，期盼留下我們努力過
的痕跡，作爲後人想像的歷史材料。

現在，眼前的這本書就是大家具體合作的成果，是

臺灣精神分析學會成員們，合作文字生產的另一個里程碑。不過，在我們的語言習慣裡，由於演講時的口語表達方式，和書寫型式的文字之間，不必然是等同，因此這本書的內容，不同作者是有經過不同程度的再次修改。

我略描述這次活動的內容，也是這本書的主要材料。

首先是林建國教授的「第一人稱愛與死」，從《挪威的森林》裡敘事，是以我第一人稱出發，在這個陳述裡談了其他人物，讓故事一層再一層開展時，所構成的心裡感受的親近和誘惑。「然而在《挪威的森林》，敘事裡的無助與自戀，卻是一體兩面（因為無助，只好更愛自己；活著只靠自己，當然無助），加深的是現實感的脫離。如果讀者正好也生活在這樣的世界裡——如果讀者因為各種原因，必須活得主觀，《挪威的森林》可能就有莫大的吸引力。如果這種讀者戀愛了——戀愛讓人無助，戀愛也讓人主觀——說不定《挪威的森林》就會被奉為聖經。」（頁24）讓我們和小説故事的推展之間，幾乎是深陷其間所構成的深井，一如《挪威的森林》裡出現過的深井。因而處在「所有這些事件交代的相似之處，在於感覺美好的一刻，或是感情令人沉醉之刻，隨即來個死亡一擊，猝不及防。」（頁27）

單瑜醫師的「挪威的森林：當我們討論愛情，我們

討論的是什麼?」則是費心地製作了幾個表格,描述《挪威的森林》裡重複出現的三角關係,讓小說裡的故事浮現出來。「對於一個嬰孩而言,母親作為他的主要照顧者,就是他生活的唯一,對於嬰兒,母親就是整個世界,是幼兒心目中獨一無二的唯一對象,因此對他們所選擇的對象愛之入骨,生死相許也就成為必然。佛洛伊德文章的最後提到關於「生命的拯救」,這也是許多愛情小說的重要主題。在《挪威的森林》裡,男主角渡邊徹心裡一直掛念的對象是直子,也懷抱著想要拯救她的想法。即使最後並不成功,但這種想要「拯救愛戀對象生命」的想法,正如佛洛伊德筆下男人對於愛戀對象的渴望。」(頁48)他也細膩地從情節內容裡,指出村上春樹在這小說裡,隱隱存在卻未明言出來的潛在心理。探究愛情是什麼厚度,從愛戀自己到愛戀客體之間有長長的路?

　　楊明敏醫師的「《村上春樹、佛洛伊德與音樂》:失去所愛,愛所失去」,演講時題目是「森林深處的音樂與青春」,從村上春樹的小說裡常出現的音樂,並從佛洛伊德是否喜歡音樂的歷史議題出發,準備了相當豐富的資料。「繁瑣地羅列這些事證,企圖說明佛洛伊德並非不諳音樂,也許是他面對音樂時,他不太能服膺自己主張的精神分析的第二原則:平均懸浮的注意力 (equally suspended attention) 吧!但更重要地是,為了替下文以精神分析的方式,討論村上的小說當中音樂的使用,奠立

合法的基礎。」（頁62）雖然佛洛伊德自述相對於其它
藝術，他對於音樂是有限感受的，楊醫師則從佛洛伊德
的文本，展現佛洛伊德對於音樂的愛好和品味是無庸置
疑。然後再透過音樂談村上春樹的小說和精神分析，讓
這個議題可以發展打造成，更長時間的精神分析和音樂
工作坊，這是值得再發展的主題。

　　劉佳昌醫師的「《世界末日與冷酷異境》：「心」
和「我」的奇幻旅程」，從生的本能和死的本能，以及
心的方向和找回心的過程等，交叉探索村上春樹和精神
分析文本之間的相互閱讀，流露的是更多的思索和困惑。
「所以我覺得心這件事情，在這小說裡面，有點像這樣，
他不跟你講心的定義是什麼，我們是透過很多的不知道，
和很多沒有心是什麼樣子的描寫，慢慢地好像我們會看
到心是什麼。當然，就引申的意義而言，或許可以說所
有的文字也都是標月的手指，小說也是這樣，作者有一
個意念要表達，於是他說了一個故事，可是他真正想說
的東西，卻往往是言外之意。」（頁91）畢竟村上春樹
在小說裡描繪的感受，是需要更多的解讀，佛洛伊德所
談論的，生和死的本能不只是人身肉體的生與死，也是
值得藉由精神分析臨床實作的經驗和小說閱讀的經驗再
豐富的方向。

　　盧志彬醫師的「《1Q84》：通往兩個月亮的潛意識
世界」，談論如何回到潛意識裡而得到救贖，以佛洛伊

德的文章談論，何以人會不斷地重複，卻不自覺陷在其中？雖然意識上要離開困境，但是仍一直有困難呢？「Little People 努力地要傳遞某些訊息，他們需要聽聲音的人，所以 Little People 就是潛意識，代表了潛意識的世界，他們的聲音一直不停地想要傳達出來，他們的想法需要被翻譯。他們無遠弗屆，力量無比強大。在潛意識的世界裡，青豆跟天吾就有機會去理解人生的困境是怎麼來的，他們也可以在潛意識的世界裡相遇，獲得重生......但村上寫到第三本還沒有發生重生。」（頁124）在診療室裡是經由夢和移情，因為受苦是以不被了解的方式述說，如何有人可以聽懂，並翻譯成了解的語言，但是說出來又會遭遇抵抗的過程。

　　周仁宇醫師的「《沒有色彩的多崎作》、死亡母親以及各種顏色的焦慮：過渡空間的死亡與重生」演講時的原標題為「過渡空間的死亡與重生：沒有色彩的多崎作以及各種顏色的焦慮」，他以英國精神分析師溫尼考特（D.W. Winnicott）的<過渡客體與過渡空間>，以及法國精神分析師葛林（A. Green）的文章<死亡母親>，這兩篇重量級文獻的概念，和村上春樹的小說交叉閱讀，人幻滅的過程，如何「恰恰好」（good-enough）的媽媽，不是完美的媽媽，讓嬰兒逐漸經驗幻滅。「我不知道村上春樹有沒有讀過葛林或溫尼考特，但《沒有色彩的多崎作》這本小說簡直就像是死亡母親情結以及過渡

空間的案例報告似的。很可惜，雖然《沒有色彩的多崎作》在一週內賣出了一百萬冊，且於兩年內譯成二十個語言，但死於2012年的葛林剛好錯過了隔年才出版的小說，死於1971年的溫尼考特當然更不用說。不過，他們三人說的故事幾乎完全一樣，唯一的差別在於《沒有色彩的多崎作》是一本國小學生也能從中獲得感動的書，並且很有可能是村上唯一能夠當成床邊故事的小說。」（頁166）

　　講者的準備都是豐富而一言難盡，開展了來年其它活動的可能性。精神分析在台灣的發展過程裡，如何和其它學門展開更有創意的互動，這仍是發展中的課題。雖然我們已經累積了一些經驗，但還在學習摸索這些互動方式。如何有藝術策展的概念，讓精神分析的經驗在台灣更深耕，雖然如我在這場研討會的開場時所說的，「精神分析理論和實作在台灣已經生根了，已經不會在台灣消失了，尤其是在臨床上，我們進行的這場研討會，是各位講員在臨床經驗基礎上所做出的交流。」因為講員從村上春樹的小說裡，所挑選出來討論或比對的內容，都是有臨床經驗做為踏腳石，而不是純粹理念上的挑選。

　　持續迴響著活動所帶來的內心衝擊，的確如參與的分析學會同儕的看法，每位講員都準備了可以爆滿的內容。這意味著我們有很多話可以說，關於村上春樹的小

說，以及他藉著小說所鋪陳出來的窗戶，讓精神分析有可以對話的入口。當然啊，精神分析也可以自己創造出任何入口，來和村上春樹的小說開展對話。

何以要對話呢？是要相互豐富，不是以一方理念要吃掉對方，或者只是診斷作者和小說人物的某些病名，如果是這樣子，精神分析和文學的對話意義就不大了。這也是我們在規劃這些活動的背後思考，雖然我們也知道有人期待從小說人物的病態，有了診斷然後預期精神分析取向者，是否能夠提供什麼答案作為參考。如何對待小說中的人物特質出現在現實生活裡？或者這麼期待的聽眾是朋友親人也有某些類似的情況，因此期待這類型的研討會，具有診療室裡的療癒功能。

我只能說我們不太可能以這角度和論述方式，來設計精神分析和其它學門，如文學、藝術、電影等研討會對談時，將這些重要作品當做是一種病來對待，或者只把有創造力的作者變成是一個病人來討論，好像研討會變成如何治療小說作者和小說裡的角色們。不過精神分析的臨床經驗，的確是後設心理學的理論基礎，因此從診療室裡的經驗作為出發，交叉談論我們所閱讀或欣賞的文本，也是一種互動的方式，或者還有其它方式需要被創造出來。

　　這也是我們在舉辦活動上值得思考的地方，也就是說除了以前常用的方式外，如何呈現這些想法，也是一個值得摸索的課題。我假設，摸索如何舉辦這類型活動，也將是精神分析展延它對人性探索的一部分，不應被貶抑為只是一種展現精神分析知識的載體而已。

　　接著是題外話，我覺得有趣值得一談。是關於村上春樹和日本榮格學派者的對話，以我們的角度來說，是不一樣的接觸方式，我就以佛洛伊德在《夢的解析》第二章<夢的解析方法>裡，所提及的內容做為思考這種不同的基礎。佛洛伊德認為精神分析不是從象徵式（symbolic）和解碼式（decoding）的解夢方式談夢。也就是說，不是以夢境裡片段內容的象徵意義，逐字逐句逐行累積每個夢內容的象徵，構成對夢的了解。佛洛伊德認為這不是夢在精神分析診療室裡的處理方式，雖然這種方式較易被了解像一字一字拼成一個句子，而且接近文學運用夢的方式。何以不是接近精神分析診療室裡的處理方式呢？這涉及了形成夢的過程裡種種的防衛機制，因為內心始終有監督者存在，因而大部分的（或所有的）夢境本身就是經過監督機制變裝後的結果，可能是完全相反或者毫不相關的意象建構成一個夢。

　　經歷過台灣戒嚴時代的人大概知道，這是類似所謂的心中一直有個警總的意思，話語和文字都被這個心中

警總不自覺地過濾過的內容，透過夢了解和推論這些監督機制是什麼，以及監督者如何發揮作用，更是佛洛伊德式解析夢的重點，這在《夢的解析》的第六章<夢工作>（The Dream Work）裡有明白的說明。我認為這是佛洛伊德和榮格解夢的差異，也許他們的後續者都各有修改，但是從他們的文本上的比較，這種差異在當年是存在的。

何況當事人醒來，想對某人說夢時，又會對夢境有第二度的修改。另外依我的意見，當事者面對他們要述說夢的對象，要開口說夢時，又會有第三度修改夢境。這三道修改都是無意識進行的，第三次修改就是依著個案不自覺的「移情」做出的修改。也就是，經過這三道修改後，夢可以說是沾染了複雜的其它材料了，無法將夢境內容本身當作就是當事者要表達的象徵，直接假設由這些表面象徵累積成一篇文章似的，就成為解夢的內容。

但是這樣子，夢就無意義嗎？當然不是，精神分析就是從這些被一再修改過的心理經驗出發，探索和發現那些修改的監督者和移情是什麼？這構成精神分析對於夢的了解的基礎，不再只是如佛洛伊德在《夢的解析》裡所建構出來的型式。一如小說的書寫，是否也如同一種建構，是作者依直覺和慎思交織而成的作品，有自己

想控制的變數，也有完全不在意識內的材料，建構出一篇小説的成品。

如何從佛洛伊德晚年1937年的作品《分析裡的建構》（Constructions in Analysis）的觀點，來對比小説和夢的建構，一如佛洛伊德當年對比症狀和夢，讓兩者交互論述而建構了精神分析的知識體系。我所指涉的不是以《夢的解析》的知識來解析小説，而是假設小説的形成有它潛在的（心理）內在結構而建構起來。也就是，最基本的命題，小説在心理過程裡是如何被建構出來，一如當年探索夢是如何被建構出來，而小説和夢藉由這個假設出發，也許是有趣的精神分析和文學相互豐富的過程。

如何深化的方法仍值得探索。例如，除了前述的音樂和精神分析的主題，以及由聽眾的回應裡，談及的場所和空間的課題，我想到的是如何以溫尼考特的過渡空間的概念，或再加上其它文本和空間課題，例如，診療室、教會、博物館、車站、子宮等，空間是什麼意思？這應是精神分析和其它學門互動的有趣課題。

最後，還是感謝參與者的熱情和意見，村上春樹仍會是好主題，我和楊明敏醫師有類似的想法，村上春樹是高手，描述他曾經感受到的經驗本身，雖然對於這些

感受的了解和意涵,其實不是他的小說要展現的,不過這正是我們從精神分析可以開始工作的地方。其它的,以後有機會再細談了。

值得強調的是,我們有必要藉著這系列活動,逐漸讓台灣的創作者們了解,精神分析不是只如佛洛伊德的部分文本裡所呈現的,以作者的精神病理為核心來論述作品,避免讓台灣的創作者們以為精神分析就是那樣子,只要幾個重要術語就可以貫穿作者和作品裡複雜的心思。雖然佛洛伊德當年的論述,已經很厲害地開拓了談論作者和作品的原創模式。

最後談談臺灣精神分析學會在體制上,如何讓精神分析這個百年的知識和臨床實作經驗,能夠在台灣紮實地傳承下去。我們是將學會分成三個主要單位,一是精神分析,二是精神分析取向心理治療,三是精神分析的運用和推廣。這三個向度缺一不可,這是我們在台灣發展精神分析的決心,也是基本態度。

蔡 榮裕
精神科醫師
松德院區思想起心理治療中心資深心理治療督導
臺灣精神分析學會名譽理事長兼執行委員會委員
臺灣精神分析學會推廣和運用委員會主委

第一人稱 愛與死

林建國

紐約羅徹斯特大學比較文學博士

國立交通大學外文系副教授

臺灣精神分析學會榮譽會員

《挪威的森林》是愛情小說……嗎？

這疑問句，包覆了一個肯定句，並沒否認這是愛情小說。但畢竟疑問還在，很難不去懷疑小說除了言情，是否還有一些什麼。《挪威的森林》，真的是一部愛情小說嗎？

捉摸不定，因為小說關乎愛情，又非關愛情。日文版原著封面寫道：這是「百分之百的愛情小說」[1]。如果是，何以小說當年一夜之間暢銷，反令作者村上春樹感到震撼，讓他打消返國久居的念頭？[2] 小說如果只是言情，他何恐懼之有？

我們知道，《挪威的森林》是村上自傳風格最強烈的小說之一。書中所寫東京求學生活，可與當年他在早稻田大學文學部求學的經歷對號入座。從他宿舍外的旗桿，到當年熾烈的學運，後人指證歷歷，認為《挪威的森林》書中所言皆有所本[3]。但小說之中人物，純為小說家杜撰，應該不必懷疑。但在學運動盪的年代，何以人物發展是用愛情故事來鋪陳？或許愛情故事，不只是愛情故事。聰明的讀者必已看出蹊蹺，只是不知什麼而已。

---

[1] 詳中文維基百科〈《挪威的森林》〉條目。

[2] 「《挪威的森林》所帶來的高度關注與成功並未讓他感到愜意與喜悅，促使他打消之前三年歐洲行返國後的久居日本念頭。」（中文維基百科〈村上春樹〉條目）。

[3] 詳深海遙所著《村上春樹的世界‧東京篇‧1968-1997》

《挪威的森林》是愛情小說⋯⋯嗎？就像「你愛我嗎？」這種問題，實在不好回應。直接說愛，沒有誠意，理不直氣不壯。說不愛，又太傷人。只能轉彎拐角，側面夾擊。小說所採的自傳體式第一人稱，正好露出口風，有利解密。

如何愛情，什麼故事

《挪威的森林》的故事敘述人是位中年大叔的「我」渡邊徹，回憶他 20 歲前後發生的少年往事4。東京求學前，他涉入一段日後將盤據他前半生的三角關係。「我」愛上的直子，是「我」高中好友木月的女友。一次在與「我」打完撞球之後，時年17歲的木月在家中車庫無預警自殺。直子與木月並未真正有過床第關係；之後跟「我」發生的，才是她唯一的性經驗。接下來，直子入住京都山上阿美寮療養院。直子室友石田玲子，38歲，曾經擔任音樂老師，生病入住阿美寮，「我」探訪直子時認識。之後「我」寫信給直子，都沒回音。書末，玲子取道東京前往北海道，才告訴「我」，直子後來在阿美寮自殺始末。

---

4 本文使用的是賴明珠的中文譯本與Jay Rubin的英譯。文中述及的故事細節，為顧及閱讀流暢，將不特別註明頁碼。

　　這段舊的感情關係，並未阻止「我」在東京大學發展另一段關係。小林綠是「我」戲劇課的同學，愛上了「我」，成爲女友。但與小林綠的關係，「我」始終被動，無法忘情於直子。小說結束時，「我」撥電給小林綠，但該說什麼好呢？

　　除了小林綠，「我」在東大還遇有幾位難忘的人物。一位是被稱作「突擊隊」的宿舍室友，另一位是富家少爺永澤，常帶「我」上酒吧尋找女砲友過夜。永澤有位漂亮的女友初美，深愛永澤，似乎不很介意他跟其他女生上床。初美也擅打撞球。「我」和她最後一次見面，就是在打撞球。多年以後知她別嫁，死因是割腕自殺。

　　以上劇情簡述，仍然無法化解小說層層包覆的謎。然而讀者如果敏銳，並維持佛洛伊德提過的「一種持平地懸吊著的關注」（an evenly-suspended attention）（Freud, 1912e, 12: 111），則閱讀《挪威的森林》，就會「聽見」幾個母題周而復始地重複：性的無謂、愛的不可能、撞球、自殺以及貫穿小說的第一人稱。

　　如作細分，村上至少採行了三種重複手法，並三者交錯。首先，如前所述，反覆迴盪的是幾個有限的母題。以撞球爲例，似乎擅打撞球絕非什麼好事，打完撞球之

後，聽到的消息都是自殺：木月如此，初美也是。木月、
初美、直子，三人皆死於自殺，只是死法不同，但消息
傳來一樣令「我」措手不及。其次，種種事件，受到最
大衝擊的是「我」。小說既探第一人稱敘事，遂只聽見
全書滿口的「我、我、我」，「我」最關心的還是「我、
我、我」。小說不只自戀，並還透過第一人稱，將讀者
捲入他的自戀。第三，第一人稱敘事，一而再再而三包
覆著其他敘事。譬如，「我」在交代玲子最後告訴「我」
的故事裡，有玲子的「我」講述直子跟「我」（渡邊徹）
的往事。這種包覆敘事，使得「我」中有「我」，自戀
之中有更無法自拔的自戀。讀者如果同樣自戀，必將越
捲越深。同樣包覆的還有愛中有死，死中有愛。配上自
戀的第一人稱，小說敘事相互捲來捲去、糾纏不已的就
是這種第一人稱愛與死。

　　要能跳脫敘事上如此致命的吸引力，首先就要理解，
《挪威的森林》這種敘事手法早有文學先例。這麼理解
是從「時間縱軸」上，藉從書外的文學史，掌握這部小
說寫作技巧上的借鏡。特別是第一人稱的語調，並非每
部小說相同，村上何以挑了目前這款語調，是為觀察重
點。至於另一條「空間橫軸」，則有賴我們進入書中世
界觀察，細究小說敘事裡的包覆結構，又是如何一層包
覆著一層進行。無論「時間」還是「空間」的軸線，書
內或是書外世界的指涉，村上的重複策略都作了他特別

的調控。然而我們也發現,如果作者的敘事無法跳脫種種重複,為他的敘事作出了斷,小說極可能失敗。一如我們讀者,如果持續沉迷在這種由重複構成的敘事,不能跳脫,閱讀恐怕也以失敗作收。

第一人稱的兩條軸線

先談「時間縱軸」上的文學借鏡。村上對於當代英語小說瞭若指掌,影響他的文學先例至少可舉三部,《挪威的森林》裡並反覆提到:康拉德的《吉姆爺》(Joseph Conrad, *Lord Jim*, 1900)、費茲傑羅的《大亨小傳》(F. Scott Fitzgerald, *The Great Gatsby*, 1925)以及沙林傑的《麥田捕手》(J. D. Salinger, *The Catcher in the Rye*, 1951)。其中《大亨小傳》與《麥田捕手》,村上本人還是日文譯者[5]。第一人稱敘事是三本英語小說的共通之處。由於無法預知事件發展,三部小說的敘述語調呈現了不同程度的焦慮。其中又數《吉姆爺》的敘事策略最為複雜,用的是敘事包覆敘事的結構,進一步加深這種焦慮。同個時期見刊的福爾摩斯系列,即採書中華生醫生第一人稱觀點來說故事,使得這種焦慮,既加深劇情張力,更使主角顯得無助。進入這種小說世界,讀者的時間感受會變得主觀,客觀時間以及客觀世界則相

---

[5] 詳村上春樹兩篇雜文<有器量的小說>與<我心中的《捕手》>。

對地越來越難掌控。這種無助，不一定就會帶來自戀的餘緒。然而在《挪威的森林》，敘事裡的無助與自戀，卻成一體兩面（因為無助，只好更愛自己；活著只靠自己，當然無助），加深了現實感的脫離。如果讀者正好也生活在這樣的世界裡──如果讀者因著各種原因，過的是主觀生活，《挪威的森林》可能就具有莫大的吸引力。如果這種讀者戀愛了──戀愛令人無助，戀愛也讓人主觀──說不定《挪威的森林》就會被奉為聖經。

閱讀《挪威的森林》，很難不去聯想另一部稍晚出現的英語小說，石黑一雄的《別讓我走》（Kazuo Ishiguro, *Never Let Me Go*, 2005）。小說也採第一人稱，敘述一群複製人困在一起的故事。女主角前半生同被一個三角戀情占據。如今友人相繼死去，自己和情人則無助地面對死亡。石黑一雄生於原爆之後的日本長崎，幼年在英國長大。他跟村上春樹曾經有過對談[6]，但是作家之間相互影響的狀況，既難捉摸，也難確認，不能斷定兩部作品是否有何因果關係。但可以確定的是，從《吉姆爺》、《大亨小傳》、《麥田捕手》到《別讓我走》，儘管第一人稱敘事語調顯得無助，它們並不自戀。反而，四部小說看似鎖在第一人稱的主觀世界，對於客觀世界，各有敏銳而又尖銳的批判。《吉姆爺》針對19世紀末的西方殖民邪惡勢力發難，《別讓我走》揭露的是科技對於人命的鄙視，以及英國社會長期存在又無法解決的階

---

[6] 詳村上春樹雜文〈擁有像石黑一雄這樣的同時代作家〉。

級歧視。另外兩部小說對於美國社會道德崩盤的描述，更不在話下。相形之下，《挪威的森林》幾乎沒有客觀世界，對它不感興趣，唯一有意見的外在事件是學運，深覺學運份子缺乏想像力。陳英雄導的電影改編，有一幕就是大學生渡邊徹，面無表情地穿過一群學運中的抗議學生，擺明在跟他們劃清界線。然而如果回到學運現場，就會了解當年發生的學潮，並非全無道理。但是小說對這事件不思不想，以致電影被拍成一部沒有想像力的言情故事。

可想而知，《挪威的森林》的第一人稱敘述語調，呈現的層次感，遠比其他前述幾部英語小說薄弱。換言之，《挪威的森林》中的「我」，跟「我」自己之間，完全是個零距離，也就容不下其他與「我」無關的人與事。如此這般，正好說明，小說使用的敘述語調根本就不必有何層次。與披頭四的歌詞「挪威的森林」相較（「Norwegian Wood」，實應譯為「挪威的木頭（傢俱）」）7，一首同樣使用第一人稱寫作的歌詞，敘事語調上的反差更是強烈。歌詞寫道，一個女孩邀「我」晚上到她房裡聊天，聊到凌晨二點，對「我」說就寢的時間到了。女孩雖這麼說，但「我」卻寧可爬到浴室裡去睡。意思是「我」可不能跟她睡在床上。隔天一早醒來，發

---

7 可參考村上春樹在他雜文〈看見挪威的樹沒看見樹林〉的詳論。

現女孩不見了，像鳥一樣飛走了。能拒絕女孩的邀約共眠，說話的人語氣很屌。但後來她不見了，似乎又有幾許失落。到底對於這份錯失，他是哀傷還是自豪，情緒有些複雜。相形之下，渡邊徹在小說裡，期盼自己能與直子再度上床，且不願跟小林綠發生性愛，雖也有一己的倫理抉擇，但是情緒統一，沒有歌詞所呈現的那種錯落難解。

換言之，歌詞主角成功與他身處的兩難拉出距離，帶點戲謔以及小小的殘酷，反而顯出小說本身幽默感的闕如，更別說出現歌詞那種反諷張力。小說敘事與「我」之間如此零距離，敘事難免就被困在某種地道景觀（tunnel vision）裡。一旦鎖進這種地道，人只看見前方丁點大小的光源，不見身旁事物。一如前述陳英雄的電影中，大學生渡邊徹穿過學運成員時對他們視若無睹一樣，同是困在自己的地道景觀裡，難免讓我們聯想到焦慮的夢，而別忘了，夢境皆採第一人稱。佛洛伊德「艾瑪注射」的夢尤其經典（Freud, 1900a, 4: 107），從他事後轉述，我們可以感受佛氏被困在一個難局裡進退不得的尷尬。小說《挪威的森林》，嚴格說來正是這款惡夢。兩相對照，歌詞「挪威的森林／木頭」寫的是美夢醒來之後，主角開始檢討思索，只是仍舊不解自己昨晚的抉擇是否正確。一如莊周醒來，無法確認自己是否莊周，解釋了他就是莊周（Lacan 76）。《挪威的森林》小說裡

的敘述語調欠缺層次，語氣沒有變化，就像莊周夢中的蝴蝶，非常確信自己就是蝴蝶，根本不曉得莊周才是自己。從夢中醒來的是歌詞，沒走出夢境的是小說。《挪威的森林》不只愁困在它的地道裡，對於自己是誰，不只沒有懷疑，而且根本不知道。

如果仍可使用夢的比喻，則《挪威的森林》採行的第一人稱敘事，用以包覆其他敘事，等於是夢與夢的相乘，鏡像與鏡像的無限反照（mise en abyme）。如前所述，不只「我」的敘事中，包覆「我」與直子、玲子的書信往還，包覆了玲子的敘事，並還在敘事裡，讓每一次「愛」的事件，都被「死亡」包覆。而且包覆方式、氣韻均皆似曾相識，如：

「我」與直子往來後，書才透露木月自殺事件；

「我」與永澤及其女友初美討論愛情後，書才透露初美後來割腕自殺；

「我」在醫院照護小林綠的腦瘤父之後，書才透露他一週後病逝；

「我」得知直子的病情改善後，便接到她自殺的消息。

所有這些事件交代的相似之處，在於感覺美好的一刻，或是感情令人陶醉之際，隨即來個死亡一擊，猝不及防。此處敘事策略，與夢有關，仍被夢的邏輯支配。佛洛伊德曾在《夢的解析》寫道，同個夜晚所作的夢，往

往共享同個思維。在《夢的解析》二版前言，他還寫道，所有書中夢的樣本，都攸關他父親。回頭省視《挪威的森林》，我們發現，種種以上這些事件，其實也共享同個思維：「每個美好事件，都伴隨了致命的一擊」。不止如此，我們甚至懷疑，木月、直子、初美恐怕還是同一個人。他們或許代表不同夢境，但全屬同個組群裡的夢，是同個夢裡思維的重複。

　　木月、直子、初美，他們重複了些什麼？首先這幾個人的愛情，都被死亡包覆。更麻煩是，「我」開始捲入其中，使得小說駛入了一個深水區：「我」的愛情，是否也被死亡包覆？至少「我」現在瞭解了，直子並沒有愛上「我」，因為她無法忘情於已逝的木月。「我」並也發現，直子雖與木月親密過，卻仍保處女之身。玲子後來轉述，直子與「我」的性關係是她唯一一次；因為太過美好，不願再和「我」發生第二次。漸漸直子病情惡化，兩個癥狀開始嚴重：幻覺幻聽，外加不能書寫，無法回信給「我」。最後在毫無預警之下，投環自殺。令人不安的是，直子讓人想到初美。永澤是她的唯一，無視於他到處睡女人的個性。在毫無預警之下，她割腕殞命。這點初美又像直子，但初美擅打撞球，又像木月。「我」對直子無法忘情，「我」又像初美；「我」好打撞球，又近似初美與木月。直子深愛木月，而木月無預警自殺，一如「我」深愛直子，她又毫無預警上吊，讓「我」崩潰，有如當年木月讓她崩潰，使「我」陷入直

子的境地。木月、直子、初美,「我」就是,Madame Bovary, c'est moi。就像佛洛伊德「艾瑪注射」的夢,三個搞不定艾瑪病況的醫師就是他自己。可見「我」在《挪威的森林》裡的焦慮,完全走不出木月、直子、初美三人給他帶來的壓迫。直到小說最後,這三人都成為死人了,「我」仍然因為愛情的緣故,困在他們的死亡裡。是否「我」也不想活了?小說這樣寫下去,結局可想而知,因為任何被死亡包覆的事件,下場肯定慘烈。

直子的生病

我們知道,直子因為生病才入住阿美寮精神療養院。如果木月、直子、初美與「我」如此相似,是否意味,他們每人可能生著同樣的疾病?解開她的病因,或許可以更好交代他們彼此交織的關係。然而,直子生的又是什麼病,必須入住療養院?書中沒有交代,我們姑且稱之X疾病。

其實,與此X疾病有過接觸的第一線醫療人員、病患以及家屬,如果他們閱讀《挪威的森林》,或許可以猜到一二。然而此疾病的名稱,在我們的日常文化裡可能激發的想像,與臨床所知是有差距的。貿然指稱,不同讀者會有不同想像,效應如何難以預測,連帶模糊本

文焦點。既然小說內文不提,我們也就語帶保留,彼此
心照。

　　當然,更好的辦法是讓證據說話,交付知情的讀者
判讀。依據書中交代直子的各種癥狀,包括嚴重自戀、
自殺傾向、對於愛戀對象過度的情感投注,並在失去所
愛的人之後,處於無法復原的哀悼狀態等等,外加幻覺
幻聽、失去書寫能力,凡此種種,與佛洛伊德1917年一
篇論文描述的最為相似。在這篇文裡,佛氏未將重心放
在病理歸類(如精神官能症、精神病、性倒錯),或疾
病的命名問題,而是放在主體自我(ego)與所愛對象
(object)的關係上。如果對象失落,造成這層關係生
變,那是因為「所遭遺棄的(被愛)對象,自我與之認
同」,合而為一,以致「(被愛)對象的陰影落在自我之
上」(Freud, 1917e, 14:249)。

　　佛洛伊德這段有名的話,詩意而又優美,曾引起諸
多聯想。應合本文所需,我如此詮釋佛氏的話:「自我」
向失落了的「被愛對象」認同,意思是「自我」與「被
愛對象」在時態上產生統一。如此,被愛對象活著與否,
不會改變還在進行中的愛情。意即主體如果掉入X疾病
裡,如果他愛的對象又死了,他會在戀情裡停留在現在
式,從而失去辨別時態的能力。這也意味,主體若處在
這種戀愛情境裡,等於一腳踏進死亡裡,將死亡視作一

個可能的解決方案。依此邏輯，假使被愛對象活著，但已經離棄主體而去，主體仍會把對方當作死者看待，並以付出時態辨認的能力作為代價，讓戀情得以持續。無論如何，時態的取消是主體與被愛對象能夠結合的條件，底線是戀情無論如何都要持續。

我們知道，中文沒有時態，很難理解時態取消是什麼狀況。但是至少可以想像，設若小朋友的母語是英語或其他歐洲語言，遲至三、四歲還不能使用過去式的話，小孩就得就醫，因為認知可能出現問題。藉用這樣一個道理，回到X疾病的脈絡：假使被愛對象不見了，死去或是離去，而在當事人眼中卻毫無差別，我們同樣可作合理懷疑，認為當事人可能也有認知問題。失去時態辨別能力，表示他和被愛對象生活在同個時態裡；活著死去，毫無差別，誰活著誰死去，同樣沒有分別。

換言之，正好時態被主體取消了，他的一次才能成為永遠。唯其在永遠裡，現在、過去才不致相悖，這是作為戀情能夠持續的條件。於是我們應可進而推斷，戀情存在是X疾病的病癥；它加重病情，並也掩飾病情，使病人能夠貌似常人過活。一旦察覺戀情無法持續，病人可能就連現在式也會主動取消，一躍而進入永恆，讓死亡成為事實。所以X疾病病人戀愛時，刀子總架在自己脖子上。要愛就要懂得自殘，愛字頭上一把刀。

　　所以在X疾病裡，並非「戀愛＝生病」，而是「生病＝戀愛」。生病的方式是戀愛，無窮無盡地愛。所謂「無窮無盡」就是現在式的取消，就是永遠，就是死。愛情這樣被捲了進去，極其危險地進行，隨時可從高樓墜下，隨時可粉身碎骨。

　　萬一被X疾病病人愛上怎麼辦？一般說法，這是遇到危險情人。然而也有更為哲學以及詩意的詮釋：他愛上的妳，更甚於妳（in you more than you；en toi plus que toi）[8]。現在要問的是，「更甚於妳」還是妳嗎？……更甚於愛，還是愛嗎？這種愛情，只是小說而已嗎？回到我們一開始的問題：《挪威的森林》是愛情小說……嗎？也許該說：是愛情小說，更甚於愛情小說。一部可能也在生病中的小說，正在猶豫現在式如何可被取消、該不該取消的小說。

　　到底小說有沒有生病呢？敘事裡的「我」提供了重要線索。首先，死亡一直都不是「我」解決他和直子戀情的方案。他只想到愛，從未想過死。再說，其他這些戀愛中的友人相繼自殺，每次都令他措手不及。讀者鎖在「我」的敘事裡，同樣措手不及，而且接二連三。表

---

[8] 這是拉康用語（Lacan 263），在此借用作為本文的自由聯想，並未遵從拉康原意。

示大家都沒料到死亡是個方案，反而以為自己還處在愛的境地裡，距離死亡很遠。能被死亡驚嚇，應該並非壞事，表示讀者和「我」都還未生病。

玲子的功能

雖未生病，《挪威的森林》仍是一個將「我」層層困住的惡夢。如果夢須等待夢醒才能解析，則小說等候的就是「我」的脫困，之後才能知道小說到底發生了什麼事。「我」之脫困與否，又牽涉到玲子的功能。其實小說成敗與否，同樣有賴她來解套。毫不誇張地說，玲子最後的出現，其實是拉了村上一把，把小說給救了回來。

我們記得，玲子到了東京，劈頭就告訴「我」不該整天只想到自己，不該對自己那麼認真，不該成天的我、我、我。接下來，她作了件「我」在流浪期間未能完成的事：在「我」東京住處的院子，用吉他彈唱了51首曲子，包括「挪威的森林／木頭」，追悼直子。這是因為玲子覺得，直子去世時，葬禮過程太快了，太過草率。「我」為了這個緣故，浪跡天涯，以某種近乎自殘的方式流浪，其實要作的仍然是想好好追悼直子。直到一天他發現這樣流浪不行，會沒完沒了，況且心中還渴望愛

情，思念著小林綠，才決定返回東京。玲子會請「我」一根根火柴點著，一首首歌曲彈唱，悼念直子，當然很令「我」感動意外。但更意外的是，在唱完所有曲子之後，玲子走上前來對「我」說：我們上床好嗎？如此神來一筆，使得小說的走向，與「挪威的森林／木頭」歌詞唱的不同。小說在此扳回一城，讓這樁意外的性愛事件，否決了歌詞的調侃語調與反諷結局。與玲子的性愛，讓「我」從「性關係只能發生在戀人之間」的執著解放，並也作到哀悼無法企及的事，讓「我」得以跟直子切割脫離。亦即，玲子幫「我」作了兩件事，一是哀悼，讓直子一路好走；一是做愛，讓「我」使用身體「背叛」情人，從此可跟直子一刀兩斷，好好告別。藉著性與哀悼，玲子讓「我」得以活在現在式，把直子留在過去式。然而玲子也像機會，稍縱即逝，就在關鍵的時刻，她把機會交到「我」手裡。早到晚到，都會錯過，「我」根本不懂得把握，反而是玲子冒著極大風險，選在一個對的時間，為「我」找到解放。

玲子與「我」的性愛，雖有了翻轉的意義，卻也不足為外人道。因為無論玲子還是「我」根本無法對人解釋，他們睡了一覺之後，何以解開了「我」的困境。何況這一覺之後，玲子必須頭也不回地去尋找她時態上的未來式。我們知道，玲子的前夫與女兒就住在東京。「我」曾問她，既然人到東京，是否會見他們？她斷然

說不會，因為一切關係早已結束。顯見玲子是一個可以跟過去結束的人，何況她現在正往北海道移動，迎接著她的未來式。然而「我」似乎又沒看透，似乎又愛上了玲子，送玲子搭車時，一時之間彷彿重又掉入「性關係只能發生在戀人之間」的偏執。玲子走後，「我」突然不知應該如何面對小林綠，小說結束給她打電話時，他陷入焦慮。是否這是小說曖昧的結局，讓「我」開始生病？但身為讀者的我們，卻在玲子早先的協助下，得以從「我」的小說第一人稱剝離。是嗎？還是玲子的功能，強度依然不夠，她雖然打開一扇窗，卻又關上另一扇，隨著「我」對她的依戀，讓讀者重新陷入「我」的戀情？

值此極其曖昧而又混亂的一刻，且重返我們一開始所作的提問：《挪威的森林》還是愛情小說……嗎？讀完《挪威的森林》，是否應該／可以／輕易就墜入情網？怎麼回答、如何取捨？狡黠的作者村上，藉著一個曖昧不明的結局，暗中將責任推給讀者。讀者的倫理宿命，就卡在他們必須作出抉擇。原來，愛情是如此的美好；原來，愛情也令人如此的無助。

｜ 引文書目

陳英雄編劇與導演，《挪威的森林》。富士電視等出品，2010年。

村上春樹，《挪威的森林》。賴明珠譯。台北市：時報文化出版企業股份有限
　　公司，1997年。

村上春樹，《村上春樹雜文集》。賴明珠譯。台北市：時報文化出版企業股份
　　有限公司，2012年。

村上春樹，〈看見挪威的樹沒看見樹林〉，收《村上春樹雜文集》，102-107
　　頁。

村上春樹，〈我心中的《捕手》〉，收《村上春樹雜文集》，218-225頁。

村上春樹，〈有器量的小說〉，收《村上春樹雜文集》，269-275頁。

深海遙，《村上春樹的世界‧東京篇‧1968-1997》。齋藤郁男攝影，賴明珠
　　譯。台北市：紅色文化事業有限公司，1998年。

Conrad, Joseph. *Lord Jim*. 1900. Ed. Thomas Moser. New York and London: Norton,
　　1968.

Fitzgerald, F. Scott. *The Great Gatsby*. 1925. New York: Scribner, 2003.

Freud, Sigmund.1900a.*The Interpretation of Dreams. Standard Edition* vols.4 and 5.

Freud, Sigmund. 1912e. "Recommendations to Physicians Practising Psycho-
　　analysis." *Standard Edition* 12: 111-120.

Freud, Sigmund. 1917e. "Mourning and Melancholia." *Standard Edition*14: 243-258.

Freud, Sigmund. The *Standard Edition of the Psychological Works of Sigmund
　　Freud*. Ed. and trans. of James Strachey. 24 vols. London: Hogarth and the
　　Institute of Psycho-analysis, 1953-1974.

Ishiguro, Kazuo. *Never Let Me Go*. New York: Alfred A. Knopf, 2005.

Lacan, Jacques. *The Four Fundamental Concepts of Psychoanalysis. The Seminar of
　　Jacques Lacan. Book XI*. 1971. Ed. Jacques-Alain Miller. Trans. Alan
　　Sheridan. New York and London: Norton, 1998.

Murakami, Haruki. *Norwegian Woo*d. 1987. Trans. Jay Rubin. London: Vintage
　　Books, 2003.

Salinger, J. D. *The Catcher in the Rye*. 1951. New York: Little, Brown and Company,
　　1991.

《 挪威的森林 》

當我們討論**愛情**，我們討論的是什麼

單 瑜

台灣大學醫學院醫學士

精神科醫師

臺灣精神分析學會會員

I once had a girl Or should I say, she once had me

我曾經擁有一個女孩，或者我該說是她擁有了我

She showed me her room Isn't it good,

她帶我去她的房間　，還不賴！

Norwegian wood ?

是挪威木？

She asked me to stay And she told me to sit anywhere

她要我留下並　要我隨處就坐

So I looked around And I noticed there wasn't a chair

於是我環顧房間，注意到這裡並沒有椅子

I sat on a rug Biding my time, drinking her wine

我坐在毯子上喝她的酒　，靜候時間過去

We talked until two And then she said,「 It's time for bed.」

我們聊到兩點，然後她說：該是上床的時候了

She told me she worked in the morning And started to laugh

她告訴我早上她得去上班，然後她笑了出來

I told her I didn't And crawled off to sleep in the bath

我告訴她我不用，接著只好爬到浴缸睡去

And when I awoke I was alone, this bird had flown

當我醒來發現我獨自一人，煮熟的鴨子飛了

So I lit a fire Isn't it good, Norwegian wood

我生起了火　，不壞？挪威木是嗎？

——————— *Norwegian wood*

（ *The Beatles John Lennon ,1965* ）

　　「當我們討論愛情，我們討論的是什麼 」這個題目來自於村上春樹很喜歡的美國作家瑞蒙卡佛第一本小說集的第一版。那一部短篇小說集現在的書名叫做《新手》(Beginner)，選自其中的一篇短篇，初版的書名叫《當我們討論愛情，我們討論的是什麼？》。初次發行的內容當時被大幅刪改，跟瑞蒙卡佛原本的作品完全不一樣，然後編輯由書裡的一段對話給短篇集取了這樣的書名。雖然和瑞蒙卡佛的原版不一樣，無論書名或內文，但出版當時也曾受讀者歡迎。村上非常喜歡瑞蒙卡佛，甚至翻譯了他所有的作品。村上也很喜歡這個初版的書名，他後來寫了一本書叫《關於跑步，我想說的是……》，書名就是仿照這個句子。我引用這本短篇小說集的書名《當我們討論愛情，我們討論的是什麼？》以及這則佚事，作為討論村上春樹小說《挪威的森林》的標題。

　　村上春樹說：「《挪威的森林》是一部激烈、寂靜、哀傷，100％的愛情小說。」《挪威的森林》初版是在1987年的聖誕節，那一年村上38歲。當時為了應景，初版小說還製作了紅色與綠色兩種版本的書衣，這是當時村上在第一版《挪威的森林》書衣上面寫的廣告詞。雖然是出自於作者本人，不過這個說明後來也有許多爭論，很多人質疑：這真的是部「愛情小說」嗎？村上自己也做了很多的回應，包括：我不說這是「愛情小說」，但這裡有很多愛情的面向，也許更適合的說法就稱它是「成

長小說」，甚至他說：這只不過是一段廣告詞而已。無論如何，「激烈、寂靜、哀傷、百分之百的……」這樣的敘述還是讓人感受到非常強烈的情緒。如果用愛情的觀點來看，我們把小說中角色間一層又一層的關係聯繫起來，似乎整段故事會構成交錯複雜的三角關係。圍繞著主角渡邊徹的各段三角關係構成了整篇小說的故事架構。因此，接下來依照交錯的三角關係脈絡一一來討論小說中發生在主要角色間的愛情故事。

　　這部小說是這樣開始的：一個37歲的中年男子搭乘飛機在法蘭克福機場降落，飛機降落的時候他聽到了一首曲子非常熟悉。這首曲子是約翰藍儂與披頭四所演唱的《挪威的森林》，這讓故事裡的男主角想起了一段過去的回憶。簡單地說，這個小說藉由一個中年男子聽到的一段音樂，以及關於音樂的回憶，開始了整個故事。這首約翰藍儂所寫的曲子原曲歌名是《Norwegian Wood》，中文翻譯應該是「挪威之木」。原文wood是木頭而並不是森林，在這裡指的是一種建材。在歐洲居家常會使用這類建材，性質像是台灣常看到的南方松，可能是鋪架在外牆做爲裝飾，或者是直接用做房屋建造的材料。考據原曲的文意，Norwegian wood作爲建材，是一種木頭，並不是森林。所以日文上翻譯約翰藍儂的曲名《挪威的森林》是錯譯的情況。雖然《挪威的森林》一曲的曲名翻譯在日本通用，但村上春樹本身作爲一個

翻譯家，使用這個標題，他絕對知道這首歌曲原意指的並不是森林，而且在挪威也沒有這樣的森林。

　　約翰藍儂原曲《挪威的森林》的歌詞內容大概是這樣：一個女孩晚上邀請了一位男生去她家裡，男子進去裡面就看到了家裡擺飾的挪威木，並且對夜晚可能的機會滿心期待。女孩邀請了男生在屋內隨處坐了下來，然後就開始喝酒。歌詞第一人稱的男子在過程中期待著兩人之間可能會有什麼事情發生，但是一直等到了凌晨兩點，女孩子終於開口，她說：該是上床的時候了，但意思是該要睡覺了。女孩說，明早她還得去上班，但這個男生回答：我不用啊！於是悵然的，他只好爬進浴缸睡去，醒來的時候屋裡只留下他單獨一個人。這首歌原曲叫做《Norwegian Wood》，有一個副標題是「This Bird has Flown」，就像歌詞裡表現的若有所失的悵然，鳥兒最後就飛走了。好像有一個本來期待會發生的事情，但最後卻沒辦法如願成真，最後的場景是留下獨自一人。約翰藍儂的好搭擋保羅麥卡尼曾經揭露過，這首曲子靈感來自於藍儂一段婚外情的三角關係，而這個三角戀最後的結果是一個期待落空的愛情故事。歌曲中隱喻的三角關係失落或許就是村上這部小說創作的重要靈感來源。從圍繞著主角的各段三角關係，我們一一來看《挪威的森林》裡各個角色發生的故事。

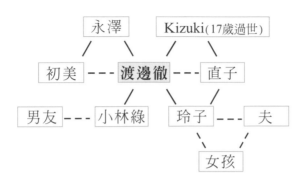

　　小說故事裡第一層的三角關係是Kizuki、渡邊跟直子，他們三個人在青少年階段感情非常要好，幾乎都是三人一起活動。Kizuki在17歲的時候自殺死了，從此以後就變成渡邊跟直子的兩人關係。死掉的人在兩人之間好像依然存在，一直保持著一種奇怪的三角關係，像是已經過世的Kizuki一直都在兩個人身邊那樣的感覺。

　　Kizuki —— 賴明珠翻譯版本的《挪威的森林》保留了日文拼音的翻譯，將「キズキ」翻譯作Kizuki。一般懂得日文的閱讀者會將Ki發音的平假名聯想到漢字的「木」，所以在台灣另外兩個翻譯版本的《挪威的森林》將這個角色的名字翻譯作「木月」與「木漉」。角色名字上關於「木」聯想似乎正巧與書名的森林與木有巧妙的連結。另外Kizu在日文裡是「傷」的意思，隱隱

約約我們可以把這樣的「傷」想像作一種心理學式的心靈創傷。而這樣的心靈創傷似乎也暗示著早年自殺過世的Kizuki在三角關係中給兩位同伴留下的心理影響。賴明珠的譯本使用日語羅馬拼音來命名，保留了這個角色原名讓讀者有多重聯想的可能性。

直子 —— 村上春樹的作品其實很少為故事角色命名，尤其是在《挪威的森林》這部作品以前。但是「直子」作為故事的角色在《挪威的森林》之前就曾經出現過。這個角色第一次出現是在《1973年的彈珠玩具》，在這部小說裡一開始，主角以第一人稱的方式描寫了一個名叫直子的女生的身世。她過去住在一個偏遠的社區，這個地方必須要搭乘一條不是很熱門的鐵路線才能到達。而在這段故事裡，敘事者重返了女孩過去曾住的社區，這個社區裡有一個古老的深井，他重返她居住的社區就是要去尋找那個深井。在《1973年的彈珠玩具》裡這一段開頭敘述非常特別，因為和後面的故事並沒有直接關聯，而這個名叫直子的角色在小說中也沒有再出現過，直到《挪威的森林》這小說問世。在《挪威的森林》開場渡邊徹的回憶裡，他正是和直子一起尋找草原上的井。這種深井探源的敘述不約而同地成為兩部小說中直子這個角色的重要象徵。從整個村上的創作歷程來看，出自於《1973年的彈珠玩具》這段關於直子的神秘敘述像是補足了《挪威的森林》中對於這個角色身世敘述的空白，

並且為我們理解村上筆下直子這個角色再增添了些許想像。

《挪威的森林》中關於直子與主角渡邊徹之間有多段豐富的敘事，其中一個轉捩點是他們在直子20歲前的重逢。兩個人上大學後再次相遇，然後開始約會。在直子20歲的生日時，他們發生了第一次性行為。故事大概是這樣：直子在生日的那天邀請渡邊徹來她的住處，用餐後接著他們就發生關係。完事後，渡邊徹很驚訝地問她說：難道妳之前跟Kizuki交往的時候都沒有跟他做過嗎？這樣的對話有些突兀，好像在確認這個女孩還是處女。

佛洛伊德在1918年的時候寫了一篇文章<處女的禁忌>，裡面描寫了許多民族文化傳統裡對於處女的儀式與禁忌。就文化的角度來看，面對處女似乎有某種危險性。如果一個男人要為女性破處，可能會被記恨，甚至見血可能象徵著對於危險的預知，以至於在一些原始部落會習慣由更年長、更有經驗的人來執行這種可能帶有某種危險的儀式。除了關於民族、文化禁忌的討論，佛洛伊德在文章中提到文化對於處女的想像，有一種可能性是源自於詩人式的嬰兒想像，透過這樣的想像孩子可以否認父母親之間有過性交的事實。從這樣的想法出發，小說故事裡對於處女的想像或許正否定了對象與另外一

方的關係。如果我們稍稍延伸這樣的想像，小說家描繪了一段三角關係，而這樣的關係對於渡邊徹而言，在與他發生關係之前直子與Kizuki曾經交往，這個「處女」的身分就有特別的意義。直子與Kizuki這段存在卻又被否定的關係，以及Kizuki在故事中宛若一直盤旋在直子與渡邊徹關係之間揮之不去的幽靈，若從「處女」角色的意義來思考，似乎正隱隱指向佛洛伊德在<處女的禁忌>中討論的，從嬰兒期就根深蒂固又難以言明的三角關係，以及一種小男孩想要介入與否定真實存在的父母親關係的慾望。

小林綠 —— 在與直子的關係之後，渡邊徹遇到了一個女孩叫做小林綠。小林綠在小說裡是個活潑、開朗的角色，和渡邊徹的相處也比較主動，甚至輕佻。她在學生餐廳裡主動搭訕渡邊徹，然後開始了兩人的關係。故事裡她還主動向渡邊徹提起了色情電影以及一些女性雜誌上描寫的男性情慾與手淫等事情。發展自小林綠的三角關係在小說裡的敘述非常隱微，她有渡邊徹之外的男友，但是小說裡幾乎沒有任何提到這位男友的內容。另外一個角色是小林綠的父親，她的父親在故事裡出現是生命將到盡頭的垂死狀態，渡邊徹和他有一段在病榻前的互動，或許這也可以視作一段三角關係。從主角/作者的視角出發，這些三角關係中的「第三者」有一種共通性，像是「不存在」一樣，或者是「垂死的」，仿若故

事裡開頭的三角關係中的第三者Kizuki (或許另個說法渡邊徹才是第三者)一樣在故事一開頭就面臨死亡的命運。關係中「第三者」的角色在小說中被無視、淡化，甚至是死亡、消失讓人強烈感受到作者對於三角關係與「第三者」否認的意圖。

有一個說法認為小林綠這個角色原型來自於村上春樹的夫人村上陽子，村上本人也曾坦率地承認。小說裡有關於小林綠家世背景的描述幾乎是村上陽子的翻版。在小說裡，小林綠家裡在大塚經營一個老舊的書店，而且經營的狀況並不是太好。小林綠高中就讀於貴族學校，在這個專門收受有錢人的貴族學校裡，她是裡面少有的和學校背景不太相稱的貧窮學生。這些家世背景和村上陽子的個人經歷是相符合的，村上陽子父親經營一家寢具店，而陽子學生時期也是貴族女校裡唯一的貧窮學生。

佛洛伊德在1910年寫過一篇短文<男人對象選擇的一個特殊類型>。根據男性的對象選擇，他舉了一個例子：有一類男人的對象選擇是這樣，他挑選的對象必定有一個受傷害的第三者；這個對象通常善於調情、挑逗輕浮，甚至還有艷聞在外；同時在這樣的三角關係裡，他對他的對象愛之入骨、生死相許，懷抱著一種要拯救對方性命的熱情。佛洛伊德透過他所舉的這個例子，論

證關於這種對象選擇的愛情觀背後可能的一種心理機制。根據佛洛伊德的敘述，在這類愛情對象選擇裡不可缺少「必然受傷害的第三者」，對於一個小男孩而言，父親就是帶有這樣意涵的角色。從孩子出生之時，有一個命定的事實是母親身屬於父親，並不屬於嬰孩，而這件事情甚至從出生之前就已經註定了。在小男孩與父親、母親的愛戀三角關係中，父親無可避免地成為孩子爭奪母親的競爭者。競爭必然會有一個受傷的第三者，當然在孩子的想像中，那個受傷的第三者不會是他自己。第二個要件是挑逗、輕佻的態度。就一般看法而言，愛意堅貞的對象或許是比挑逗輕浮更適合的對象選擇條件，但愛意堅貞與挑逗輕浮對於這類男人而言卻是選擇對象必要的一體兩面。依據佛洛伊德文章中的敘述，在孩子想像中的世界，母親跟父親是在一起的，如果說母親始終都是愛意堅貞的話，那孩子是完全沒有爭奪機會的。因此作為對象選擇的女人必須有挑逗、輕浮的一面，這樣她才有可能做出偷情的事情，也就在這樣的想像裡，男孩才有可能跟他的父親競爭。對於一個嬰孩而言，母親作為他的主要照顧者，就是他生活的唯一，對於嬰兒，母親就是整個世界，是幼兒心目中獨一無二的唯一對象，因此對他們所選擇的對象愛之入骨，生死相許也就成為必然。佛洛伊德文章的最後提到關於「生命的拯救」，這也是許多愛情小說的重要主題。在《挪威的森林》裡，

男主角渡邊徹心裡一直掛念的對象是直子，也懷抱著想要拯救她的想法。即使最後並不成功，但這種想要「拯救愛戀對象生命」的想法，正如佛洛伊德筆下男人對於愛戀對象的渴望。畢竟母親之於一個嬰孩最大的意義是給予了他生命，而生命的重要性唯一能做的也只能以生命來回報。在這裡，我們或許可以說愛情對象就好像是「母親」的替身，即使這種替身無論如何無法滿足男人心中深切的渴望。

在<男人對象選擇的一個特殊類型>一文中，佛洛伊德還提到了文學與愛情。他說愛情的故事有史以來文學家們已經談論了很多，文學家想像力很豐富，而且知覺敏銳，所以可以把愛情寫得非常地剔透。村上春樹作為一個小說家創造了一個在兩人關係中挑逗又輕佻的角色：小林綠，而且最後和主角一同走向故事的尾聲。小林綠這個角色隱隱約約讓人聯想到村上春樹妻子——作者離開母親後選擇的伴侶對象——或許並不是偶然，甚至由此我們也能一窺作者個人的愛情與對象選擇的慾望。

玲子 —— 玲子是直子在阿美寮（精神療養機構）裡最好的朋友。在小說中是這樣描述她的：首先看到的是她臉上有相當多的皺紋，但並不因此而覺得老，相反地藉著那皺紋卻強調出超越年齡的年輕感覺。那皺紋簡直像是自她出生就已經在那裡了似的非常適合她的臉。

在小說裡當時玲子的年紀是38歲，但這樣一段敘述卻一點也不像是對38歲女人的描述，讓人感覺應該是更老的年齡，文字對於小說讀者而言能夠感受到非常鮮明的落差。這樣的角色在小說裡有一段曾經引起爭議的段落，就是故事的尾聲渡邊徹和玲子的性愛。

從年齡上來說，村上春樹過往對於角色年齡以及故事記述年月時間的設定都非常講究，所以38歲的年齡必然有它的象徵意義。小說開頭的敘事者渡邊徹從法蘭克福機場降落，以第一人稱開始講述整個故事，這個敘事者是37歲。1986年村上在希臘的米克諾斯島開始提筆創作《挪威的森林》這部小說，這年作者正是37歲。而故事的尾聲已經過世的直子早渡邊徹幾個月出生，所以小說裡兩人是相差一歲。當直子慶祝20歲生日時，渡邊徹還是19歲。相差一歲不是巧合，作為第一人稱的37歲敘事者正巧與38歲的玲子也相差一歲。在接近故事尾聲時，渡邊徹與玲子兩人的相遇從這個年齡差距的巧合中，不禁讓人想像玲子這個角色是故事中已經過世直子的替代。在小說文本裡，渡邊徹與玲子相遇的性愛過程描述得輕描淡寫，僅僅一頁的篇幅卻讓人感到震撼。渡邊徹對玲子說：「我真的覺得好像在侵犯一個17歲少女似的。」17歲正是渡邊徹與直子的好友 Kizuki 過世的年紀。臨近小說尾聲，「玲子」這個角色似乎承載了多重意義，形成了貫穿整個故事裡足以替代多個角色以及作者本身

慾望的重要象徵。也因此最後兩人性愛的摹寫讓人震撼：結果那一夜我們性交了四次。性交四次之後，玲子姊在我臂彎裡閉上眼睛深深嘆一口氣，身體輕微地抖顫了幾次。「我可以一輩子都不用再做這件事了吧？」玲子姊說。

玲子和直子在阿美寮結交，之後認識了主角渡邊徹，她會入住這個精神疾病療養機構的原因是這樣：她31歲時遇到了一個13歲小女孩，她教導小女孩彈奏鋼琴，但卻被她誘惑。那孩子的手在我的背上到處摸，撫摸方式又非常官能性。比起來，我的丈夫差得遠了。每被她撫摸一下就可以感覺到身上的箍套便鬆開一點喏。玲子覺得無法想像年紀還那麼小的孩子竟然誘惑了她，甚至讓她在心裡感覺到背叛了先生，也因此精神疾病發作入住了阿美寮。這段故事可以視作玲子這個角色的另一段三角關係，並且著墨在她受到了「誘惑」。如果我們套用佛洛伊德的愛情公式，或許「易於遭受誘惑」是某種對象選擇的必然，而在渡邊徹/作者的慾望裡，三角關係中無論「第三者」所指為誰，「遭受第三者誘惑」成為玲子這個重要象徵角色作為愛慾對象的一個必然要件。

永澤 —— 在《挪威的森林》小說文本裡，所有的三角關係很少詳細描述男性第三者。Kizuki幾乎沒有任何的描述，小林綠的爸爸也是只有一幕病榻的篇幅，小林

綠的另一位男朋友，幾乎沒有任何敘述。如果我們以主角渡邊徹的視角來論述第三者，唯一有比較多敘述的角色就是永澤。在小說裡，渡邊徹是這樣描述他對永澤的觀感：敬畏的、沒得挑剔的人，但我對他一點也不尊敬、佩服。對於渡邊徹而言，永澤是一個令人敬畏但卻又一點也不想尊敬的人，這樣的說法似乎很明確地表現了渡邊徹對於永澤的矛盾。在小說中永澤卻又好像渡邊徹的導師一樣，和他閱讀、討論，甚至是一起和女生約會、上床，是共同經歷各種人生經驗的朋友。永澤有一個對象叫初美，渡邊徹是這樣描述她：安穩、理智、有幽默感，又體貼入微，總是穿著漂亮高尚的衣服。如果我有這樣的女友，我才不會和其他無聊女子睡覺呢！但是這麼美好的一對情侶，渡邊徹卻向女方遊說和永澤分手：「如果我是妳的話，我會跟這個男人分手。」

對於整篇小說在渡邊徹以外唯一詳細敘述的兩人關係，以及唯一詳述的男性角色，主角表現出來的態度並不樂意於他和伴侶能夠在一起，甚至還要離間他們之間的感情。相較於永澤這個角色，小說裡渡邊徹其他的男性競爭者並沒有太多敘述，甚至是幾乎沒有存在感。而唯一比較詳細摹寫的男性角色永澤，除了作為第三者的競爭關係，還有一種作為主角帶領者、導師的身份。這樣的角色讓人不禁會聯想到「父親」。在村上的作品中，父親的角色大多是模糊的，沒有太多存在感，或者是像

小林綠的父親一樣垂死的狀態。而永澤這個或許堪稱競
爭者的角色，在這樣的氛圍中也難和他的美好對象初美
得到圓滿的結局。村上所想像的「第三者」帶有令人敬
畏又不想尊敬的矛盾，還有主角強烈的競爭意圖，在村
上想像的意欲裡，這個「第三者」的角色讓人有許多的
聯想。

關於愛情與戀愛對象的選擇，佛洛伊德有許多豐富
的敘述，繁雜、多重的三角關係在他的筆下往往連繫到
嬰孩幼年與父親、母親的三角關係。有的時候我們只是
很簡單地把這樣的關係稱作「伊底帕斯情結」，但如果
失去了推論愛情的過程，愛情就會變得索然無味而不像
是愛情。在《挪威的森林》裡，角色之間的三角關係一
層又一層地複雜演繹，展現了許多變形，有的時候好像
一段又一段相似卻不同的重複。富有創造力的作家用敏
銳的知覺，透視他人潛在的情感，並且有勇氣批露自己
潛意識心靈的慾望，展示了愛情的複雜性，幫助我們深
入這個複雜的問題「當我們討論愛情，我們討論的是什
麼?」

「 村上春樹、佛洛伊德與音樂」

失去所愛，愛所失去

楊明敏

法國第七大學精神病理與精神分析博士

國際精神分析學會直屬精神分析師

台大精神部兼任主治醫師

然而你戀愛了！被佔據到八月

你戀愛了

竟用詩句逗得她笑了

所有朋友皆離你而去

嫌說你品味低俗

然而心上人兒

某晚，終於垂憐地寫信予你

於是，那個晚上

你再度回到繽紛喧鬧的咖啡館

是點了啤酒還是檸檬水呢？

年少十七歲的輕狂

沿著青翠椴樹的步道慢慢步行著

————— 韓波〈十七歲的輕狂〉1

1 Léo Ferré : On n'est pas sérioux quand on a 17 ans , https://www.youtube.com/watch?v=yKQ8U96YbwA

　　不僅在《挪威的森林》，還在許多其他的小說當中，村上春樹為什麼再三地列舉各種音樂的標題，從古典音樂到他年輕時的流行音樂，曲目的種類與數量，可說是不勝枚舉，為何如此？為何他不羅列當代的音樂？而是選取年代久遠，無論是流行或是古典樂，都是與書寫和閱讀的當下有著「時間的距離」的樂曲，如何理解與書寫著音樂，卻又和「時間的藝術」保持著時間的距離，這種時而完全融合，時而緬懷與分離的現象呢？

　　為了探究這現象，可以提出一則精神分析的場景，做為討論的出發點。一位被分析者，也是村上的粉絲，在閱讀了《關於跑步》（2007）一書之後，對分析師說：「我決定不再看他的小說了，因為他寫的都是他自己而已。」分析師自忖：「村上自白太多了嗎？一種長跑者的寂寞？讓融合的感覺幻滅了？」數日後，上門的快遞打斷了分析的進行，他對分析師說：「應該和我無關，既不是寄給我的，也不是我寄的。」[2]

　　閱讀者的感動與感受，也許對應或者不對應作者知道或者不知道的初衷，在佈滿了音樂的書寫當中，是為了道盡文字所不能企及之處，還是音樂這種象徵表達的時刻，就是說明了沒有道盡的可能？

---

[2] 村上早期小說中的我、老鼠、傑等人物，既相似又不同，可以參考Otto Rank

　　下文以精神分析的觀點，集中在《螢火蟲》（1982）與《挪威的森林》(1987)二書，後者是依據前者擴充而成，初步探索村上、佛洛伊德與音樂的關係。

精神分析師與音樂的軼聞

　　1925年12月25日佛洛伊德打電話給正在阿爾卑斯山麓度假的芮克（T.Reik），告訴他精神分析的主要推動者、他的分析師亞伯拉罕（K. Abraham）的噩耗。聽到了自己景仰的分析師去世的消息，芮克渾渾噩噩地遊蕩在夜晚的森林，失魂落魄在參天巨木之間，不知為何，耳裡出現馬勒(G. Mahler)第二交響曲(復活)最後樂章[3]，女高音與女中音不斷盤旋交疊的聲音。日後才想到這首創作，是馬勒在景仰的指揮家畢羅（H. A. Bülow）的葬禮時，聽到了巴哈的聖詠曲與克羅普修特克（Friedrich Gottlieb Klopstock）的詩句所啓發的靈感，歌詞所表達的內容是對死者說，「在無用的塵土當中，你休息多時，應該再度昇揚，從死亡當中再度復活」。因此在耳中驟然出現的音樂，就像是馬勒之於畢羅，表達了芮克對亞伯拉罕的哀悼與期望。這段佚事，還有後續，幾週之後在維也納精神分析學會當中，由芮克發表的亞伯拉罕的悼

---

[3]　Gustav Mahler: Symphony No. 2 "Resurrection"https://www.youtube.com/watch?v=4MPuoOj5TIw, 1h16

念文之後，主持人費登（P.Federn）竟然對著所有維也納的分析師說：「我們非常感謝亞伯拉罕醫師獻上這份令人動容的悼詞。」

按照習俗，我們不會再對死者品頭論足，特別是他的短處。但佛洛伊德在會後對芮克說：「*De mortuis nil nisi bene dicendum.*」（關於死者，除非是好的，否則無言）他稱讚芮克的悼念文，認為其中還是直言了死者性格的脆弱部分。這些矛盾、混雜的情感當中，馬勒與芮克是否也有高興、驕傲、罪咎的部分呢？因為他們取代了景仰者的位置，而音樂則是這種哀悼與喜悅的混合替代物呢？精神分析對這現象無法置喙嗎？在精神分析的傳統當中，不乏對造型藝術、文學的探討，但是對於音樂的著墨，則是門可羅雀，為何如此？分析師不是要善於聆聽嗎？一個可能的原因，是精神分析的創立者佛洛伊德表示了對這領域的裹足不前。

不諳音樂的佛洛伊德？

歷來被援引為佛洛伊德討厭音樂的根據，是他在〈米開蘭基羅的摩西〉（1914）一文當中的自白：「我不深諳藝術，僅是個愛好者。吸引我注意的藝術品，往往是它的主題，而不是它們的形式和技巧，對於藝術家而言，

後者才是眞正有價值與重要的。我往往無法對於藝術的
手法以及它們所能產生的效果，做出正確的評斷。我在
此處承認這些，無非是想要讀者先有寬容的態度，面對
下文當中我所做的評斷。藝術作品，往往對我有深刻的
影響，特別是文學與雕塑，但是繪畫則較少些。當我凝
視這些作品，花了許多時間，用我的方式來理解，爲何
會被影響與感動。當我無法這樣做，例如聆聽音樂時，
我便無法感覺到愉快。也許是理智的傾向，也許是分析
的態度，當我不知道爲何以及是什麼讓我感動時，我便
會對這事物排斥，不想受到影響。」

　　但是除了這段自白，卻也有許多例子，足以說明佛
洛伊德與音樂的相遇，並非萍水相逢而已。《夢的解析》
當中，他愉快地哼唱著莫札特的唐·喬凡尼；馬勒找他治
療時，他指出在深層、悲愴的部分，馬勒會插入地方民
謠的色彩（少年魔法師），可能與馬勒小時候在父母衝
突時，衝到街上所聽到的賣藝人的演唱有關；沃特（B.
Water）無法舉起指揮棒，向佛洛伊德陳述自己的性生活
的不順利時，佛洛伊德說：西西里島風光明媚，適合度
假（這也許是佛洛伊德所做的成功諮商的一例）；和葛
拉夫（M. Graf, 布拉姆斯的學生，小漢斯的父親）常常
一起看戲聽音樂等等，最後則是從1927年起，他從來沒

有錯過法國歌手吉貝特（Y. Guilbert）4 在維也納的年度表演。

　　繁瑣地羅列這些事證，企圖說明佛洛伊德並非不諳音樂，也許是他面對音樂時，他不太能服膺自己主張的精神分析的第二原則：平均懸浮的注意力(equally suspended attention) 吧！但更重要地是，為了替下文以精神分析的方式，討論村上的小說當中音樂的使用，奠立合法的基礎。

村上小說中的音樂

　　《聽風的歌》（1979）、《彈珠遊戲》(1980)、《尋羊冒險記》(1982)，姑且稱為村上的青春三部曲，三本小說中提到的音樂曲目，多到目不暇接。時間橫亙到《舞、舞、舞》（1988），其中引用的音樂數量更是達到高峰，隨後才稍微停歇。肢體的舞蹈，才能將音樂想表達的暫時平歇？這種一再重複地提及音樂的現象，難道不應該正視嗎？還是說這就是一種特色，習慣罷了！無論是特色或是習慣，不就更應該重視嗎？對應於精神分析當中強調的「重複性」（repetition），這現象應該是極佳的切入點。

---

4 他年輕時的老師J.M. Charcot所推薦的歌手。

　　這段創作的時期，有兩部「重複」的書寫，也就是
《螢火蟲》（1982）與《挪威森林》（1987）。更確切
地說，前者是短篇小說，五年之後，擴充為長篇小說，
換言之，有一種已經說過，但要再次細述的重複。

　　兩冊小說中相同的故事主幹，是離開家鄉（神戶）
來到大都會（東京）求學的青年：渡邊，住在學校安排
的秩序井然、一成不變（升旗儀式）的宿舍，遇見了同
屬負笈離鄉的青年：突擊隊，對方的目標很明確，自己
卻有些茫然。故事的背景安排在六零年代末期，學運、
社運對既有體制的反抗與衝撞，渡邊的求學既沒有既定
的方向，對周遭蓬勃洶湧的各種運動也興致缺缺，這時
又巧遇了來自家鄉、故人的女友：直子，逐步與之發展
了情感與肉體的關係。而這些疏離或親密的交往，最後
是以室友的莫名休學，學運份子的矯情做作、女友的瘋
狂與自殺等等，伴隨著嘲諷、漠然、錐心之痛，不同情
感排山倒海、接踵而來，歷經這番「情感成年禮」的沖
刷，存活下來的渡邊，孤獨地面對未知的將來。

音樂與男性

　　《螢火蟲》的敘述與人物比起擴充版的《挪威的森
林》，相對簡單，就音樂的描述也是如此。《螢火蟲》

當中，只提了兩首歌，一首是每日升旗都聽到的國歌
「君之代」，另一首是室友突擊隊，在寢室中播放的體
操韻律曲，這兩種音樂讓主人翁覺得不安煩躁，也透露
著他與男性友人之間，沒有什麼音樂可以琢磨的。《挪
威的森林》當中，木月與他相交甚篤，沒有提到任何音
樂，似乎與他在沈默的撞球遊戲，單調的撞擊聲中沒有
向朋友說什麼，在日常的遊戲之後，沒有任何異狀地就
自殺了，渡邊因此備受打擊，也結束了狀似平靜的家鄉
（前青春期）生活，負笈來到東京。至於穿梭於女子之
間，篤定知道自己前途的永澤，渡邊與他的結識是一致
欣賞《大亨小傳》，書中主角蓋茲比（Gatsby）遙望著遠
處心儀的女子，在廣闊無際的黑暗中有閃爍的一點綠
光，這和室友突擊隊休學後，留給主人翁一只瓶子，裝
有螢火蟲，渡邊則在黑暗處將牠放生，成為在暗夜中搖
曳的一點螢光。無論是與突擊隊，或者與永澤，書中對
音樂的描寫，要不是負面的，就是吝於著墨。甚至，為
了照顧生病發燒的突擊隊，渡邊取消了與直子約好一起
觀賞的音樂會。在《螢火蟲》當中，只是故作平淡，在
事後說，那是贈送的票券，不覺得可惜，但在《挪威的
森林》，這本延長、補充《螢火蟲》的小說當中，則是非常
具體地說，那晚演奏的曲目是布拉姆斯的第四號交響
曲，宛若控訴著突擊隊，不但給他聽受不了的國歌與體
操韻律，甚至剝奪他去音樂會的機會。難怪在《螢火蟲》

書中，突擊隊休學離開共用的寢室之後，原本牆上的運河海報，則被更換成爵士樂手戴維斯（M. Davies）和搖滾樂門戶合唱團（The Doors）的海報。男性與音樂的關係，只有一處例外是伊東，他是渡邊辭去唱片行，在義大利餐廳打工所結識的同事，他請他在家中品嚐奇瓦士威士忌，聆聽莫札特的鋼琴協奏曲，在書中這段萍水相逢，似乎暗示著有別於他的生活世界，男性在這世界中有另一種活著的方式。

音樂與女性

相對於音樂在男性與渡邊之間的貧困、闕如，甚至是剝奪了聆聽的機會。在書中與女性的關係，音樂的使用不但描繪了他與這些女性的情感關係，也刻畫了每個女性的個性。

在唱片行打工時，聖誕節的時分，送了直子曼西尼（Henry Mancini）的「甜心」（Dear Heart），歌詞描述的是男性在外工作渴望與愛人重聚的懊悔與思慕，他對直子的情感，似乎不言可喻，但橫亙在他們中間，是共同朋友木月的自殺，直子小時候目睹姊姊的輕生等等，在在使得直子在現實生活的邊緣勉強存活著，與渡邊的交往無法順利發展。更複雜的音樂描寫，是發生在直子20歲

生日那晚。《螢火蟲》當中只描述渡邊一直放唱片，他想表達什麼呢？無盡的情感？但是在《挪威的森林》則詳細描述著，平常不太說話，或者前言不接後語的直子，整個晚上一直說話不停，男主角一直想表達他該走了，否則搭不上最後列車，但又沒有機會（還是，他根本也不想離開？），只好一直放唱片，第一曲是Beatles的「寂寞芳心俱樂部」，最後一曲則是伊凡士(B.Evans)的「給黛比的華爾滋」（Waltz for Debby），當夜他們有了肉體的關係。其後，直子因病情加劇而離開了，在《螢火蟲》當中，直子的來信說到：「你送我的唱片，我一定會細心地聽，說不定在這個不確定的世界，我們說不定還有再相遇的機會」，反觀《挪威的森林》當中，則是說：「如果我覺得好了，我就會寫信給你，也許我們可以彼此多了解一下⋯⋯」無論如何，渡邊遭遇了銘心刺骨的分離，唱片、音樂似乎是一種不絕於縷的聯繫。

幸好這時出現了小林綠（Midori），就像是希臘悲劇中以「神降機器」（Deus ex machina）的方式出現，解決身陷危機的主角。這種出現的方式，相反於與學潮中逼迫戲劇老師停課的鬧學潮的學生說：「這個世界上，還有很多比希臘悲劇更重要的事情，所以我們要停課，開會討論怎麼做運動。」明顯地，渡邊一點都不爲周遭的狂熱所影響，很快地被小林綠所吸引。而小林綠雖然遭逢家道中落，母親病逝，父親也垂危，處於重重的負

擔之下，卻以一種四兩撥千斤的方式，有些輕佻、活潑的生活著。是那種音樂最適合她呢？不太正經的亂哼，以及輕輕流暢的民謠。她唱輕快的「檸檬樹」、一絲絲哀戚的「七朵水仙」（Seven Dandelions）：「我沒有可以摺起來厚厚的紙幣，我沒有在雙手中可以弄得叮噹響的錢幣，但是我可以送妳七朵水仙」，以及自己插科打諢、改編的一無所有之歌：「我想寫詩沒有筆，我想煮湯沒有鍋，我想縫衣……我想縫衣但是沒有線」。小林綠的存在與生機，是他繼續生存的活路，在直子自殺後，他四處流浪的一個多月，飢寒交迫，有天被一名漁夫注意到了，渡邊謊稱：「我媽死了」，唬得對方一愣一愣地，給了他不少援助，同時漁夫也憶起了自己的母親，這不也正是每個人最源初的分離嗎？當渡邊想到他不甚喜歡，不為女性所動的永澤，離開時對他說：「千萬不要可憐自己」，他自忖：「哇賽，永澤真厲害，我絕對不要可憐我自己」，渡邊這才走出這情感的深淵。結束這場流浪之後，他打電話給綠，電話中說：「我現在在哪裡？」好像在不知名的地方的正中央呼喊著小林綠，這似乎也暗示了一段悲慟的結束，而新的開始尚未成形。

　　然而，這個起伏跌宕的過程，不能不提到玲子。她與直子、渡邊結識於直子療養所在的阿美療，療養之前，她是鋼琴老師但被學生誘惑，這才察覺到對自己的人生其實渾渾噩噩，經由協助直子與主角，也幫助了自己，

她是情感混亂的過程中不可或缺的支持者。

　　她與音樂高度關聯的部分，是書末她離開阿美療，也想重新進入社會，前來尋找渡邊，除了再度與人的身體近距離接觸（與主角的性行為似乎是作為重返社會的儀式），還一口氣唱了51首歌，明白地是為直子作為告別的輓歌。

　　第一首就是渡邊送給直子的「甜心」，接著是渡邊自己獨唱（這是罕見的情形），曲名是「在屋頂上」（up on the roof）：「如果一個人討厭周圍的事物，那麼不妨就到屋頂上，換個角度來看看世界與風景。」接著有拉威爾的「為已逝公主的孔雀舞曲」、德布西的「月光」等等，倒數第二首才是書名的「挪威的森林」，直子生前表示：「我聽到這首曲子時有時會非常傷心。不知道為什麼，但覺得自己好像正在很深的森林迷了路似的。一個人孤零零的，好冷，而且好暗，沒有人來救我」。最後一曲，則是巴哈的賦格 (fugue) 5。

　　在《螢火蟲》、《挪威的森林》兩書中，當音樂的曲目被提及，或者樂聲響起時，不但是對女性的描寫與刻畫，也在在反映了她們構成了渡邊的內在客體（internal object），要呈現出來，似乎僅僅用文字的象

5　該字的拉丁字源有逃脫、奔離的意思，近代精神醫學則指一種解離狀態。

徵是不夠的。

音樂、詞與物、空間

在《聽風的歌》當中出現了沈默不語的男孩，在現實生活中，村上經營過爵士咖啡廳，也不喜歡無端地找人聊天。除了小說，在許多雜文與訪談中，也顯示了他對特定音樂、特定的運動以及特定物件，例如：簡易日式西洋料理、三明治、啤酒、豐田汽車、Polo衫等等，鉅細靡遺地描繪，很難說是情有獨鍾，但就是很鮮明具體地呈現出來。沈默不語與對物品具體描繪，這些現象與音樂有什麼關係？下一節中再論。

另外，如果以考究的態度，來看《螢火蟲》與《挪威的森林》，我們發現村上對時間與空間，做了相當特別的處理。在《挪威的森林》後記當中，村上明白地說，這部小說的完成，是相繼在羅馬、西西里，最後在雅典的小餐館完成的，寫作期間聽了一百多次的Beatles的「寂寞芳心俱樂部」，同時玩笑似地引用另一首名曲的曲目：謝謝團員藍儂(Lennon)跟麥卡尼(McCartney)的「一點協助」（With a little help from my friends）。但是在《挪威的森林》一書當中，卻是以主人翁在德國的法蘭克福機場為開端，為何實際上在南歐完成的寫作，卻要

說成是在北歐發生呢？可以推測在東京渡過的青春期的風暴，不會與家鄉（神戶）無關吧？而在《螢火蟲》的開端，則說：「很久很久以前，也許是十四、十五年前吧」；相對於這時間的描述，《挪威的森林》裡則說：「大約是二十年前，我18歲的時候來到東京」，村上對於時間的記載則是完全對應於事實，甚至也將兩部小說間隔的時間，也絲毫不差的添入。為何在空間地理上做完全相反的呈現，而在時間上卻分毫不差呢？難道是小說裡的故事，只要時間到了，不論在哪裡都會發生？

但是，村上對於時間並非沒有處理。《挪威的森林》的開始，飛機降落在法蘭克福，在機艙裡中年男子耳中聽到的是以管弦樂播放的Beatles的名曲「昨日」（Yesterday）（時間！）。其後，展開了《挪威的森林》的故事，換言之，是一名中年男子對自己年輕的回憶。《挪威的森林》常常被比喻為與《麥田捕手》、《大亨小傳》並駕齊驅，描述青少年的內心狀態，描述「激烈、寂靜與哀傷的戀愛」（村上語）的代表作，但是《挪威的森林》並非處在青春期當中，而是一位中年男子的回憶，似乎那段時間的情感漩渦，所遇見的人、所遭遇的事，是在事後的某個時間，才變得有意義，而這正是精神分析當中所謂的延遲作用（deferred action, l'après coup）。這些體驗之所以有意義，也就是被潛抑、遺忘的事物，重新的回返，並且成形於語言與文字當中，試

看渡邊與空姐的交談，空姐問他：「你還好嗎？」渡邊說：「現在一切都好，謝謝，只是覺得孤單而已。」空姐回答：「我有時也會像你，有著一樣的感受。我明白你指的是什麼，希望你有個愉快的旅程，再見。」《挪威的森林》故事，從沒有形狀的音樂與不復記憶的記憶中，兩度成為了文字6，展開了將情感象徵化的旅程。

音樂與象徵的時刻：青春期與老年

在〈米開郎基羅的摩西〉當中，佛洛伊德坦承由於「理智的傾向」，不知自己為何被感動，所以不願意受到音樂的影響。但許多事證與他的同事，並不因此而認為他不諳音樂，另一個例子是他批評當時的阿德勒與榮格學派時，認為他們的主張只是「生命繁複的交響曲之外的一些弦外之音而已」（1914），種種跡象顯示，他對音樂不會是陌生的。而在另一篇有關摩西的文章，〈摩西與一神教〉（1939）當中，主張了摩西的埃及身份以及被追隨者弒殺於西奈山，日後背叛者由於罪疚感，將其理想化成為傳奇人物，也讓一神教深植於猶太人的傳統當中。這段故事讓我們回首參照聖經當中出埃及記的記載，當摩西問耶和華如何彰顯他的榮光，使人們相信

6　《挪威的森林》是《螢火蟲》的擴大加長，精神分析的術語稱之為重複，而且要加很多音樂。

他的偉大，他只能聽到聲音，得來的回答是 I am who I am.要求以色列子民遵守的十誡，就是刻在石板上的文字，而在山麓下等待的人民，因爲心生不耐與恐懼，同一期間開始拜金牛當作指引的神祇。以語言、文字、物品代替尙未得以呈現的情感，可以稱之爲象徵的時刻。村上春樹說自己14歲時，聽到從Sony電音機傳來的海灘少年(Beach Boys)的樂音，極爲震撼怎麼有人知道他想聽的音樂，29歲，觀賞職業棒球賽時，突然想寫作了。他不就是承認，其實長久以來他想聽某種聲音與音樂嗎？難道29歲以前，他從來沒有想像寫作是什麼嗎？但是這種「瞬間決定的感覺」，這個「象徵的時刻」，將無形、不確定的東西，具體的呈現出來了，一旦象徵的功能得以浮現，那麼難以呈現的情感，便要與人共享，而不是私有，某些難以言喩的部分因爲不再私有，就像是死去了，而因爲與人分享，某些得以延續、傳遞、衍繹的部分，感覺像是在瞬間、電光火石當中誕生。青少年往往面對成人世界裏足不前，甚至有什麼東西死亡、失去的恐懼，小說中不是說：「死是生的一部分」嗎？死去的是同伴、難以見容於他人的特性、以及自己的童年。《螢火蟲》的短篇文字，使得青春期的孤獨與苦澀，被過於簡化、象徵的文字拘束，但若是相反地，企圖用事物呈現事物（就是那樣），企圖以大量的事物來象徵：三明治、豐田汽車等等，無法細緻的釐清複雜的感情，而象

徵的效能也不彰。也許《挪威的森林》，將簡化故事的
情節擴充，置於中年的回憶，位於一段時間之後，將被
潛抑的喚出，透過書寫文字，將這些象徵化呈現時，一
種分離、哀慟的感覺油然而生，這種情感所要求的不只
是象徵與呈現[7]，這時只有聲音與音樂，才能提供另一
種呈現（文字與語言不能到達的地方），而同時又能安
撫，舒伯特曾說：「如果要做愉快的音樂，不如跳跳舞
就好了」[8]。

非結論

海涅說：「音樂是個奇怪的玩意……它介於思考與
現象之間，隱約朦朧地協調兩者，馳騁在精神與物質之
間，既屬於這兩者，但也都與它們不同」[9]。

以精神分析來探討音樂與文學的理論作品不多，本
文試著探討為何村上在小說中呈現這麼多的音樂與曲目，
以《螢火蟲》和基於這短篇增長的《挪威的森林》，討

---

[7]　這也許是 W. Bion 所謂的 α function，但是無法被呈現的部分 (irrepresentable) 可
　　以參考 C. Botella, S. Botella 等人的著作，以及 A. Green 對情感、事物與語詞的再
　　現的主張。

[8]　村上的《舞舞舞》則是充滿了音樂與曲目，其後，村上就用《爵士群像》、
　　《給我搖擺，其餘免談》以及《與小澤征爾先生談音樂》，雖然是漫談音樂，
　　但也是朝著音樂被文字象徵化的過程發展。

[9]　Henri Heine, Mais qu'est-ce que la musique? (1838, 1997) Actes Sud

論情感、音樂、象徵化的問題，不可能有一確定的結論，同時為了讓這文字的討論，也有些音樂伴隨，可以參考註腳中標示的網路位置，那裡，有音樂伴隨你。青春期的情感，怎麼也說不盡，也許也可聽聽憤怒的過來人怎麼說：「我曾經二十歲，我絕對不允許任何人說，那是最美麗的年齡」[10]。

最後作為非結論，《挪威的森林》除了文字與故事，音樂的出現，填補了尚未成形的、無法成形的，呈現在象徵功能之外的種種。為了緩和一下《挪威的森林》當中的苦澀，讓我們看看一則故事，顯示音樂與情感的力量，這是來自一位朋友的轉述：一位拘謹的男生，循序漸進的與心儀的女生交往，但始終無法確定這女生是否喜歡他？當他「相當確定」她的確喜歡他之後（屢次沒有被拒絕的約會之後），隨即被另一問題困擾 她是否「只」喜歡他？終於他決定要告白，不是以什麼舌燦蓮花、天地動容的言語，而是在約會時，他時不時地唱著他們兩人看過、當時正在流行的歌舞電影的主題曲。幾乎所有的年輕人都能哼上一兩段，但他準備了許久，整部電影中十幾首曲子，他都能唱。說也奇怪，約會剛開始時，他心儀的對象只是微笑著，他想應該是基於禮貌，所以她不會打斷他，但到最後倒數第二曲時是男女的對口唱，對方居然和他應和，也跟著他唱了起來。他們在

---

[10] Paul Nizan, Aden Arabie, Rieder, Paris, 1931

一起多年後，她對他說，因為知道他要告白，但沒想到
他用唱的，本來沒有一定會答應的，但因為一起唱了，
所以就算是答應了，但總覺得有種非她所願的感覺。也
許，這則軼聞，也算是青春與音樂的雙重唱，屬於另一
種象徵的方式吧！如果要模仿，後果自行負責。

《世界末日與冷酷異境》

「心」和「我」的**奇幻**旅程

劉佳昌

倫敦大學學院(UCL)理論精神分析研究碩士

精神科主治醫師

臺灣精神分析學會前理事長

兩個世界，兩個「我」。

一個是意識的現實世界——「冷酷異境」；

另一個是潛意識的「街」——「意識的核」、「世界末日」

獨特的風格訴說著奇幻的故事，

反覆被提及的是遺忘、失落、哀傷、自我的演化、妥協、

沉淪和救贖，

讀者遂無可避免被深深觸動。

然其中最大的疑團還是圍繞著對話中不斷被談到的——心。

心，你我都很熟悉，要靠近看時，卻變得模糊。

科學、哲學、宗教、文學，都談到心。

故事中的心，是記憶、自我、靈魂、還是根本的人性？

而人性又是什麼？

有意思的是，

書中多是以反面來呈現這個謎題，

即，心的失去。

它讓精神分析有很大的想像空間。

太多挫折和失落造成原欲投資從現實撤退，

回到續發的自戀，

而為了重新接觸現實又虛構出一個妄想的世界，

這是佛洛伊德對史瑞伯世界末日妄想的詮釋。

然而本書中的世界末日與此大異其趣，

更像是對完美和永恆提出的質疑和省思。

庸庸碌碌的現實人生，與丟棄了心的寧靜世界，

真的只能二選一嗎？

精神分析會怎麼回答？

　　進入正題之前，先談談一些感想。首先是精神分析對我的個人意義。或許由於先天的個性加上後天的遭遇，自己從小就是很愛想的人，而精神分析，從理論（如博大精深的後設心理學）到方法（自由聯想），從頭到尾都是非常強調「想」的一件事。然而，診療室裡做精神分析（不論你是坐著或躺著的那個人），和在公開演講中談精神分析，卻是大不相同的兩件事。臨床精神分析是一對一的，它的複雜程度就已經足以催生不計其數的理論文獻，何況公開談精神分析，一個人說，這麼多人在聽，而每個人對精神分析又有各自不同的來歷和因緣，其中複雜的程度更是難以想像。

　　對於說和聽，我想再發揮一下。前一場的演講，楊明敏醫師特別強調音樂，他提到佛洛伊德自稱不諳音樂。有意思的是，精神分析非常強調聽覺，為甚麼它的祖師爺卻只強調話語的聆聽，而不重視音樂的聆聽呢？其實，說話本來就包含語義內容的部分，和音量、速度、連貫性、語氣等超乎語義的部分。就像一首歌有歌詞也有旋律，話語裡也有非言語的溝通，可謂話語裡的音樂性，那麼佛洛伊德對於純音樂為何卻是這種態度呢？何況不懂音樂並不妨礙一個人喜愛音樂！或許，佛洛伊德對於音樂不僅是自認為不懂，還隱含他對非言語內容的謹慎態度？

　　換個角度想，是否這裡面也涉及對藝術的態度？相應於各種感官，有不同的藝術形式。聽覺讓我們接收音樂，也接收到話語。視覺讓我們接收繪畫、雕刻等視覺藝術，但透過文字的閱讀，我們接收到更多的意義內容。小說是一個有趣的複合體，閱讀是視覺的，但那只是一個入口，透過閱讀文字，意義進入心裡，產生思想。反觀精神分析，主要是聽覺的活動。話語在心裡引起思想，類似閱讀的效果，但話語的非言語成分引發情感，則像藝術帶來的感動。如果遵循佛洛伊德的基本立場，我們主要還是在思想層面先做努力，然而情感乃至藝術的層面，雖然很難說清楚，卻是無可迴避的存在。

　　回到演講這件事。前面所說著重在聆聽那端，簡言之，聽人說話時，我們聽到的其實遠超過我們自以為了解的內容，那麼，在說話這端呢？說話的難度一點也不下於聽話吧。我個人不喜歡演講，原因之一就在要把內心紛亂的意念整理成適當的順序說出來，那感覺簡直就是欲樂原則 1 (pleasure principle) 和現實原則 (reality principle) 的一場劇烈爭鬥。想像一下，相較於心裡的所有內容，一個人在有限的時間裡能說的東西恐怕只是滄海之一粟！然而反過來說，說話的時候，又有多少內心的東西透過非言語途徑不經意地流露出來？由此可見，如果我們相

1　pleasure是指快感、愉悅或爽，通用的翻譯如享樂原則或快樂原則，都與原意有距離，筆者借用佛教用語的欲樂來翻譯。

信診療室裡有潛意識溝通這回事，那麼發生在演講者與聽眾之間的潛意識溝通，更是不知複雜多少倍。

撇開演講情境不說，即使面對自己內心，我們仍然很清楚裡面總是意念紛飛，各種想法不斷生起又消失，清楚的、不清楚的，來來去去，不知有多少。對待內心這些不停流轉的意念，有兩種截然不同的態度。其一，以佛教修行的禪定為例，它基本上把意識中流轉不停的想法都視為雜念或妄想，是煩惱的來源。修行的目的首先要減少這些妄想雜念，最後達到無念的狀態。相反地，精神分析卻是在這些所謂的雜念上下工夫，不但沒有要消除雜念，反而好像多多益善，也就是鼓勵自由聯想，想到甚麼就說甚麼。這兩者看似相反的態度到底是互相矛盾，或是殊途同歸呢？我們只知道從解決人生苦惱的這個目的來看，佛教的修行或精神分析是類似的，那麼方法的入手處為何卻是背道而馳呢？還有一個有趣現象，如果你讓一個人想到甚麼就講甚麼，他的反應往往是說不出話來，甚至覺得腦海中一片空白；相反地如果你叫一個人甚麼都不准想，他反而可能想法不停冒出來，停都停不下來。

我曾在公開場合向我很尊敬的一位法國分析師 Dr. Lavie 提過這個現象，我半開玩笑地問他，既然精神分析的目的是要自由聯想，卻老是遇到阻抗，那麼是否可以

把基本規則改成要求被分析者不准想，反而會有很多的聯想？Dr. Lavie 自稱老子的學生，他的教學一再強調我們不應過分執著表面的現象和確定的知識，或許他看到在精神分析裡有太多機會容易讓人誤入自以為是的陷阱，因此他常提醒我們要多體認事物未知的部分。他對於自由聯想的問題似乎沒有直接回答，但另一次當我問他，未知的部分固然重要，但已知的知識應該也有相當價值，何以他那麼強調人要對自己的知識保持質疑的態度？他斬釘截鐵地回答，對於一個人不應自以為是的提醒，再強調也不為過。我覺得，在談精神分析的任何主題時，包括今天的演講，心中都應謹記這個提醒。

回到關於自由聯想跟停止雜念之間的對比，仔細想想會發現，它們只是在表面上好像是相反的。其實，不論是自由聯想的阻抗，或是想靜下來時卻停不了的雜念，問題還是同一個，也就是人的不能自主。你想要怎麼樣的時候，偏偏自己就不怎麼樣，這就牽涉到對於「自己」是怎麼一回事的了解 —— 為什麼我會這樣呢？我想靜，卻靜不下來，我想自由聯想，卻一直有阻抗。為什麼人會想要怎樣的時候卻不行那樣？我對我自己的了解是怎麼一回事？這件事倒是始終如一，不論在佛法或精神分析上，一直是很根本的主題。這就可以連到今天的題目，因為村上春樹的這本小說，講的很多都是有關這方面的事情。

　　就像精神分析的經驗，每個人是獨特的，村上春樹的經驗，每個人也是獨特的。《世界末日與冷酷異境》是我讀的第一本村上春樹，讀完我就變成他的書迷，後來我讀了他大部分的長篇小說，還是非常地著迷。我不是村上春樹的研究者，但我非常喜歡他。我沒有辦法說清楚為甚麼，但我直接受到感動，那種感動比較像是音樂型的感動。據說，比起音樂，佛洛伊德更喜歡視覺藝術，因為音樂的感動聽完就過去了，而視覺的感動可以一再重覆，因此可以回頭細思、深入研究、乃至言語訴說那個感動。可是我倒覺得，即使是在精神分析裡面，有些時候，會不會「不能仔細檢視」也蠻重要的？當然仔細檢視就像精神分析的基礎建設，潛在意義、象徵意義，這些東西的連結，所謂魔鬼藏在細節裡，對細節的仔細檢視是必須的。然而，會不會其實有更大的領域是在不知不覺中進行呢？以當代精神分析來說，我們會一直觀察移情，也詮釋移情，但有沒有可能，我們只是檢視了能夠被檢視的部分，還有一大部分其實從頭到尾沒有被檢視過呢？這樣的反思，算是以另一個角度佐證前面提到的事物的狀態，即我們一方面儘管盡力去研究精神分析，另一方面仍應經常提醒自己不要過分執著既有的知識，以免不慎踏入自以為是的陷阱。

　　進入正題。這本書份量很大，探討的又是很根本、很深奧的主題，內容並不容易說清楚。另一方面，裡面

的文字往往又帶給人很直接的感動。我選擇用摘錄引文的方式來進行演講，或許能傳遞更多的言外之意。

兩個世界，兩個「我」

> 意識的現實世界／「冷酷異境」：
> 「計算士」、「記號士」資訊戰、
> 「我」交出潛意識做為加密解密工具、
> 消極被動地活著、隨波逐流、
> 無可無不可。

> 潛意識的「街」／「世界末日」：
> 「我」無端發現自己來到這裡、
> 像夢一樣、「意識的核」、世界的終點、
> 被牆包圍的封閉空間、
> 停止流動的時間。

　　先簡單介紹故事背景。小說主角沒有名字，只自稱是「我」。中譯者賴明珠在譯序裡提到，《世界末日與冷酷異境》是村上春樹第四部長篇小說，也是他最後一本「主角沒有名字」的作品，前三部是《聽風的歌》、《一九七三年的彈珠玩具》、《尋羊冒險記》。不同的是，這部小說有兩個主角，都是「我」，只不過在日文原作裡用了不同的字眼來表達，但都是第一人稱的我。這個手法就像楊明敏醫師演講提的文學技巧「double」，故事在兩個世界交替進行，而兩個主角「我」穿插出現

在其中。兩個故事起初平行地進行，看似毫不相干，最後卻連在一起。對於沒有讀過原著的人，這可能會破壞你閱讀的樂趣，因為說穿了，這兩個人是同一個人。一個是表，一個是裡；一個是意識，一個是潛意識。而且透過一個奇妙而科幻的解釋 ── 他的腦部因故被動了一些手腳 ── 結果他即將從一個世界「遷移」到另外一個世界去，即他必須從意識的這個，所謂「冷酷異境」的現實世界，遷移到所謂「世界末日」，或稱為「街」的潛意識內在世界去。

在現實裡，主角「我」是活在一個叫做「冷酷異境」的世界，那是一個資訊發達的年代，他的職業叫做計算士，工作是幫資訊做加密保密。與他敵對的陣營叫做記號士，則致力破解或搶奪機密。兩個陣營之間進行著激烈的資訊戰。計算士的組織發展出一種加密的工具，就是把一些計算士做特殊的處理，讓他可以用自己的潛意識來加密，名之為資料的「洗入」。因為洗入的時候，那個人是進入潛意識的狀態，類似睡著了一樣，醒過來後連自己也不知道自己寫的是什麼東西，所以洗入過的資訊，基本上是不可能破解的。主角就是具有洗入能力的計算士之一。至於這個「我」的性格，讀者應該會隱約感到一種相當消極被動的生活態度。似乎他只要過日子就好了，做一個固定工作，酬勞也不錯，他希望能夠早早退休，然後可以學大提琴。他已婚，但後來老婆跑掉了，

之後他還是單獨住在原來的公寓裡。整體感覺，他過著一種隨波逐流、無可無不可的日子。

　　在另外一邊，一個人，也叫做「我」，他莫名其妙就來到一個地方，那個地方就是「街」，日文叫做「町」，就是一個地方。那是一個封閉的地方，後來我們知道那個地方原來就是世界末日，或者準確來說應該是世界的終點，也就是在這之後，世界都終止了。這個我呢，他就這樣子無端地發現自己來到這裡。我想那應該就很像一場夢吧，就像我們發現自己在夢裡面，不懂自己為什麼來到這裡，事情就這樣開始了，也不明白怎樣開始的，這個「我」也無端地發現自己來到這個地方。後來透過後面很長的故事，我們才逐漸知道，原來這個地方是這個人所謂的「意識的核」。

　　故事裡面有一位老教授，他是一個認知科學或神經科學方面的通才，他主張每個人都有一個意識的核，我想那或許類似潛意識。意識的核通常是雜亂無章的，但是主角「我」卻很奇怪，他的意識的核有很清楚的組織與秩序，而且其中的主題就是世界末日。也就是這個人不知道為什麼，以及不知道從什麼時候開始，在他的潛意識裡面潛藏著另外一個世界，而那個世界的樣貌，就是一個像是停止的地方、世界的終點。在那個地方，空間是包圍著的，時間是停止流動的，基本上是一個靜止

的狀態。當然我在此無法傳達其萬一，但是如果直接去讀小說裡的描寫，會有很大的震撼，很強烈地感覺。那個地方是被牆包圍著的，本來有兩個門，但一個門已被封起來，只剩下一個門，而那個唯一的門就由一個門房把守著。那個門房有一種很奇怪的冷酷性格，就是嚴格執行著把人家關在裡面那個工作，一旦進來就出不去了。

遺忘的記憶、失落的心、失去影子的我

很多的「想不起來」。
記憶失去了、
很多其他東西也失去了，
莫名所以的失落感不斷加深。

心是甚麼？
已被問過無數次，
但這裡呈現沒有心是甚麼樣子。
心在這裡像是「標月的手指」，
重要的不是手指，是月亮本身。

接下來我會大量引述原文，不過將會偏重在世界末日的部分，冷酷異境的部分相對較少。主角說：

有好長一段時間我說不出話，只是凝視著她的臉。她的臉讓我覺得好像快要使我想起什麼似的。她的什麼東西正靜靜地搖動著沉在我意識

深處的柔軟沉澱似的東西。但我不明白那到底
意味著什麼，於是語言也被埋葬到遙遠的黑暗
裡去。(p.57)

　　主角「我」來到街以後，門房指派給他一個身分，叫
做「夢讀」。夢讀負責的工作是去圖書館裡閱讀古夢。起
初他也不知道那是什麼意思，只知道他就是要去圖書館做
這件事。圖書館裡有個女孩，他看到那個女孩，一直覺得
好像認識她。這是他跟那個女孩子的對話：

　　我眼睛不離開她的臉地輕輕點頭。從她的眼
睛、她的嘴唇、她寬闊的額頭和綁在後面的黑
頭髮的形狀，我正要想起什麼，但我覺得越往
細部看，整體的印象好像又變得越模糊而遙不
可及了。我放棄地閉上眼睛。(p.57)

　　「我以前是不是在什麼地方見過妳？」
她抬起眼睛注視我的臉。然後探尋記憶，試著
把我和什麼連接起來，但結果終於放棄地搖搖
頭。「你知道這街上所謂記憶這東西是非常不
安定而不確實的。雖然有些事情想得起來，可
是也有些事情卻想不起來。你的事情好像是屬
於想不起來的方面。真抱歉。」(p.58)

作者用非常多的話語重覆在講一件事情，主角「我」有非常多遺忘的記憶，也有很多的失落；一直談到心，談到影子和我。影子，或許在文學上並非多新鮮的隱喻，但村上春樹描寫的方式是很有趣的。主角進入門房的時候，門房就理所當然地說，這個地方不能帶影子喔，影子要分開來，於是門房拿了一把刀，把他的影子剝開來，影子就跟他獨立分開了。然後影子要被關起來，我們這邊不能帶影子，門房也是理所當然地這樣說，所以他可說毫無招架之力地失去了很多東西。於是有很多的想不起來，很多的失去，然後呢，除了失去記憶，也失去了很多其他東西，主角自己也不斷地提到，他有一種不斷地加重的失落感。

然後是心的問題，書裡面有非常多的地方在講述這件事情。心是什麼？這個問題古往今來被人問過無數次。這本書很重要的一個主題可說也是在探究這個問題「心是什麼？」但他不是直接回答你心是什麼，我們一直反覆看到的，反而是沒有心是什麼樣子，失去了心是什麼樣子，然後透過反襯的方式，讓我們去體會那是什麼。

我的體會是，在這裡他講心的時候，有點像佛教裡面說的「標月的手指」。什麼是標月的手指呢？你問我月亮是什麼，我說那就是月亮，如果這時你順著我的手指

去看，你就會看到月亮，可是如果我說那就是月亮，結
果你看我的手指，那只永遠看到手指而已。所以我覺得心
這件事情，在這小說裡面，有點像這樣，他不跟你講心的
定義是什麼，我們是透過很多的不知道，和很多沒有心
是甚麼樣子的描寫，慢慢地好像我們會看到心是什麼。
當然，就引申的意義而言，或許可以說所有的文字也都
是標月的手指，小說也是這樣，作者有一個意念要表達，
於是他說了一個故事，可是他真正想說的東西，卻往往
是言外之意。

　　首先，心和記憶有關，失落了記憶，心也變得不完整

　　　我又再抬頭看了一次天花板，然後看看她的
　　臉。確實覺得她的臉和我心中的某個東西強烈
　　地連接著。而那某個東西則輕微地敲打我的
　　心。我閉上眼睛，試著在朦朧的心中找尋。一
　　閉上眼，就覺得沉默像細微的塵埃即將覆蓋我
　　的全身似的。(p.60)

　　他試圖閱讀古夢，卻不得要領，弄得很疲憊。這是
另一個奇特的情節，他的眼睛被門房用刀子刺了，因為
刺過眼睛才能去閱讀古夢。所謂的古夢，街的世界有獨
角獸，獨角獸死掉把頭砍下來，獨角獸的頭骨，就叫做
古夢。「夢讀」用手去觸摸那個頭骨，就叫做閱讀古

夢。主角也不知道他爲什麼要做這件事情,他只是被交代,這是規定,這個地方就是要這樣,他只能順著規定做,但是他讀得很疲憊。圖書館的女孩說:

> 「不能把疲倦放進心裡面喏。」她說。「我媽媽常說,疲倦或許可以支配身體,但心卻必須自己掌握好。」
> 「說得有理。」我說。
> 「不過說眞的,我不太明白心是什麼樣的東西。那正確說來到底意味著什麼?到底應該怎麼去使用它?我只是記住那句話而已。」
> 「心不是拿來使用的東西。」我說。「心這東西只是在那裡而已,和風一樣。妳只要感覺到它在動就好了。」(p.82)

　　這個世界裡面的人都沒有心,他是剛來的,所以還有一點點心,他的影子被除掉,很多記憶就都不見了,可是大概依稀還記得一些東西。女孩子問他說:

> 「你是從別的土地來到這裡的嗎?」她好像忽然想起什麼似的問我。
> 「是啊。」我說。
> 「那是什麼樣的地方?」
> 「什麼也記不得了。」我說。「很抱歉,我想

不起任何一件事情。影子被拿掉的時候，好像
連古老世界的記憶也一起不知道跑到什麼地方
去了。不過那總之是個遙遠的地方。」(p.82)

「我想得起來的只有兩件事。」我說。「我住
的街沒有被圍牆圍起來，還有我們都拖著影子
走路。」(p.83)

　　心、感覺、和具體事物之間的關係，彷彿若即若離、
稍縱即逝，而在那個世界裡面的人，心的狀態也常顯得
飄忽游移。

「你的頭髮非常漂亮。」我說。
「謝謝。」她說。
「以前有沒有人讚美過你的頭髮？」
「沒有，你是第一個。」她說。
「被讚美有什麼感覺？」
「不知道。」她說著兩手插進大衣口袋裏望著
我的臉。
「我知道你在讚美我的頭髮。不過其實不只是
這樣吧？我的頭髮在你心中形成某種其他的東
西，而你想對那個說點什麼是嗎？」
「不是。我在說你的頭髮。」(p.86)

街的「完全性」

上校口中街的完全性，
論無心和安寧。
完全＝終點？圓滿＝寧靜＝死寂？
影子批判街的完全性的虛假，
無心的人只是會走路的幻影。
博士評述「世界末日」。

後來慢慢浮現一個主題，叫做完全性。主角有一個
朋友，住在同一棟公寓裡面，是一個退休的上校，很照
顧他。上校是老鳥，所以會跟他講這裡到底怎麼回事，
還有跟他解釋街是一個完全的地方。那關於完全性，他
們之間有一些有趣的對話。在上校口中，這個街是完全
的，是一個很好的狀態，他一直要說服主角就住下來，
然後等到心失去了，這裡就有永久的寧靜之類的。在這
個說法裡面，心是讓人無法寧靜的理由之一，是煩惱的
來源，這似乎有一定道理。但我也不禁產生一個疑問：
完全是否就等於終點？圓滿是否必定等於寧靜跟死寂？
姑且不論這幾個詞真正指的是甚麼，底下我們還會繼續
討論這個問題。

「其實並不是每一件事的始末我都能掌握。」
老人靜靜地說。「而且有些是嘴巴無法說明
的，有些是我不應該說明的。不過你不必擔心
甚麼。街在某種意義上是公平的。對你來說是必

要的，你非知道不可的事情，往後街應該會一
一提示在你眼前。你也必須一一親自去學會才
行。我告訴你，這裡是完全的街。所謂完全就
是應有盡有。不過如果不能有效理解的話，這
裡什麼也沒有。完全的無。這一點你要好好記
住。別人教你的事情往往現買現賣就完了，不
過自己親手學到的事會一一記在心裡。而且對你
有幫助。張開眼睛、立起耳朵、動動頭腦，就
會明白街所提示的意思。如果有心的話，就趁
有心的時候努力吧。我能告訴你的就只有這些
了。」(p.112)

可是為什麼我非要捨棄舊的世界而來到這個世
界終點不可呢？我無論如何也想不起來其中的
經過、意義或目的了。不知道是什麼，是什麼
力量，把我送進了這個世界。某種不合理的強
大力量。因此我和影子喪失了記憶，而且現在
還要喪失心。(p.141)

主角被剝奪的影子，並沒有死掉，他被關在一個影
子監獄裡面，由門房看守著，主角久久才能見他一面。
影子想盡辦法，想要說服他的（姑且稱為）主人一起逃
出去。影子嚴厲地批判街的完全性，他認為這是很虛假
的，這裡面的無心，其實不是真正的完全，無心的人只

是會走路的幻影而已。主角對影子的說法仍猶豫不決，
但他的失落感有增無減。

　　然後我還是閉著眼睛，試著想想圖書館的那個
　　女孩。但越想到她，我心中的失落感越加深。
　　雖然我無法確定那是從甚麼地方如何產生的，
　　但可以確定那是純粹的失落感。我正在失去有
　　關她的什麼，我想。而且是不斷地繼續失去
　　中。

　　雖然我每天都和她見面，但那事實並沒辦法填
　　埋我心中空白的加大。當我在圖書館的一個閱
　　覽室裏讀著古夢時，她確實是在我身邊。我們
　　一起吃飯，一起喝熱飲料，然後我送她回家。
　　我們一面走著一面談各種事情。她談關於父親
　　和兩個妹妹的日常生活。

　　但把她送到家分手之後，我的失落感好像覺得
　　比和她見面前更加深了似的。我沒辦法處理那
　　難以捉摸的失落感。那口井實在太深、太暗，
　　不管有多少土都填滿不了。

　　我推測那失落感或許和我喪失的記憶在什麼地
　　方是連接的。我的記憶在向她求取什麼，但我
　　自己卻無法對那相對感應，那分歧倒錯是否會

> 在我心中留下無可救藥的空白。然而那對於目
> 前的我是無法解答的問題。我自身的存在還太
> 脆弱而不確定。(p.188-9)

　　影子計畫逃出去，但首先他叫主角先去畫出街的地圖。
主角為了畫地圖在深秋進入森林，近距離接觸到牆。牆
彷彿有強大的魔力，他因此病倒發燒，昏睡兩天。老上
校陪伴照顧他，從他病榻的夢囈中，老人也得知他愛上
圖書館女孩。他告誡他，愛上她是不適當的，因為她不
能回報他的心意。因為他有心而她沒有心。他整理了一
下：人們失去心是因為影子死掉了。雖然老人說，女孩
的影子在懂事以前就被剝離了，心更不可能殘存下來，
但女孩仍記得她母親的事，她說她的母親即使在影子死
後仍留有心。但老人堅持，任何心的片段都逃不過牆的。
老人說：

> 「不過你可以得到她。」
> 「得到？」我問。
> 「對。你可以跟她睡覺，也可以跟她一起
> 生活。在這個街裏，你可以得到你想要的東
> 西。」
> 「但那裡沒有所謂的心存在是嗎？」
> 「沒有心。」老人說。「不過你的心終究也會
> 消失。心消失之後既沒有喪失感，也沒有失
> 望。無處可去的愛也會消失。只留下生活。只

留下平靜而悄然的生活。你可能喜歡她，她也
可能喜歡你。如果你希望的話，那就是你的。
誰都沒辦法奪走這個。」
「真不可思議。」我說。「我還有心，但常常
覺得迷失了自己的心。不，也許應該說不迷失
的時候比較少。雖然如此我還確信有一天它會
回來。這確信支持著所謂我這個存在盡量整理
成一體。因此所謂失心到底是怎麼一回事我不
太能夠想像。」(p.213-4)

在另一個段落，女孩和主角談到她的影子和心：

「對。我的影子和剩下的心一起被埋掉了。雖
然你說心這東西是像風一樣的，但更像風的其
實是我們吧？我們什麼也不想，只是通過而
已。既不會老化，也不會死去。」
「妳的影子回來時妳和她見過面嗎？」
她搖搖頭。「不，沒見過。我覺得好像沒有理
由見她。她和我一定是完全不同的東西吧。」
「但那或許是妳自己也不一定。」
「或許。」她說。「不過不管怎麼樣，現在都
一樣了。輪子已經停止了啊。」
「即使這樣你還要我嗎？」
「要。」我回答。(p.217-8)

　　心似乎又跟愛有關，而愛不僅需要對方的回應，愛本身也是一種能力。

　　「你的心不開，是因為我的關係嗎？」她問我。「因為我無法回應你的心，所以你的心就僵硬地關閉起來是嗎？」
　　…………
　　「不是這樣。」我說。「我的心不能好好打開，大概是我自己的問題。不是因為妳。我沒辦法認清自己的心，因此我覺得很混亂。」
　　「心這東西連你也不太能理解嗎？」
　　「有些情況是。」我說。「有些情況要等很久以後才能瞭解，那時候往往已經太遲了。很多情況，我們在無法認清自己心意之前就必須選擇行動了，這使得大家很迷惑。」
　　「我覺得心這東西好像非常不完全似的。」她一面微笑一面說。
　　我從口袋裡伸出雙手，在月光下看著。被月光染成白色的手，看來像是完結於那小小世界喪失去處的一對雕像一樣。
　　「我也這樣想。是非常不完的東西。」我說。「不過那會留下痕跡。而且那痕跡我們可以再一次踏尋。就像在雪地上踏尋足跡一樣。」

「那可以到達什麼地方嗎？」

「我自己。」我回答。「心這東西就是這樣。
沒有心的話什麼地方也到不了。」

我抬頭望月。冬天的月一面極不諧調地放出鮮明
的光，一面浮在被高牆包圍著的街的天空。

「沒有一件事是因為妳的關係。」我說。

(p.232-3)

　　所以，心連結到愛，心是不完全的，卻會留下痕跡，
那痕跡則是自己。在這些謎一般的來回對話當中，好像
我們依稀真的可以感受到什麼，但是又說不上來那種感
覺。

　　圖書館女孩繼續想要幫主角解開僵硬的心。她要他
回想他居住過的世界，但儘管他努力挖掘記憶，結果還
是頹然放棄。之後他突然要她談談她的母親。從她的回
憶中，她提到母親常在家用奇妙的腔調自言自語──唱
歌。這時我們才知道原來在街裡是沒有音樂的。主角想
起他以前也很喜歡音樂，但現在全忘了。他想到如果能
找到樂器，也許就會想起歌，也許找回音樂，可以找回
心。

　　影子是一直都很不贊成這個地方，他認為這個街看
似圓滿，其實有問題，它是用了一個很奇怪的機制在運

作，把一些不喜歡的東西就埋到別的地方去。比如說街裡面一些人產生的動盪的心，那個心就會被獨角獸給帶走。於是有些獨角獸到了冬天就會死掉。在這裡，心又被描寫成和自我意識一樣，如果人產生一點自我意識，就會被傳到獸那邊去，應該說是人的自我意識非常沉重吧，累積起來足以把獨角獸給壓死。獨角獸死了之後，那些東西就藏在他的頭骨裡面，就是所謂的古夢。然後透過夢讀，把那些東西釋放到空氣裡面消失，於是古夢就死透了。整件事就是這樣子運作，影子覺得這根本不是真正的圓滿，所以他非常非常不贊成這件事情。底下是影子談街的不自然和錯誤：

> 「我想我最初也跟你說過了，這街是不自然的是錯誤的。」影子說。「我現在還是這樣相信。是不自然的，是錯誤的。但問題就在這街是成立於不自然而錯誤之下的。因為一切都是不自然而歪斜的，所以結果一切都能吻合地整合成一體喲。很完結的。就像這個樣子。」影子用鞋跟在地面畫圓。
> 「圓輪收束起來。所以長久存在這裡，想到各種事情時，會漸漸開始以為他們才是正確的，自己可能是錯誤的。因為他們看起來實在太圓滿完結了。」(p.331)

　　主角談到對心的困惑。影子提到永久運動在原理上是不存在的，同理，完全的世界也不存在。

　　「……眼睛看來像永久運動的機械一定在背後利用眼睛看不見的外力。」(p.332)

　　但影子暫時不能把他的假設告訴主角。

　　「不，你大概不行。我身體在受苦，你是心在受苦。最重要的是你應該先修復那個。不然在逃出去之前兩個人都不行了。我會一個人想，你要想盡辦法救你自己啊。這才是最重要的。」
　　「我確實很混亂。」我眼睛一面望著地面畫的圓一面說。「你說得很對。我連該向哪邊走都認不清。自己過去是怎樣的人也不知道。失去了自己的心這東西到底有多少力量呢。而且是在擁有這麼強大力量和價值基準的街裡。自從入冬以來我對自己的心逐漸失去自信了。」
　　「不，不是這樣。」影子說。「你並沒有失去自己。只是記憶巧妙地隱藏起來了而已。所以你會混亂。但你並沒有錯。就算記憶喪失了，但心還是會朝向它原來的方向前進。心這東西擁有它自己的行動原理。那也就是自己呀。你要相信自己的力量。要不然你會被外部的力量拉

著往莫名其妙的地方去。」(p.332)

精神病

> 佛洛伊德的「世界末日」理論，
> 是以原欲全面抽離(detachment)外在世界，
> 回到自戀自大狀態來解釋「世界終結的妄想」。
> 小說中的世界末日與此有同有異，但旨趣頗不相同。
> 現實的失落與受挫，隱遁到內在的自足世界。
> 割裂的結果是外在和內在都變得不完整。
> 外在的表現，如「冷酷異境」的「我」所說，
> 失去很多東西，而且還繼續在失去，
> 對世界的一切人事物幾乎都無所謂、無可無不可。
> 內在的表現則是「世界末日」中的「我」，
> 被剝除影子、失去記憶、即將失去心，
> 但據說將擁有完全和永生不死。

在另一頭，所謂冷酷異境的現實世界裡，那位始作俑者的天才博士也對世界末日做了一些評述。博士揭開謎底的時候，他說其實　個人都有意識的核，而他已經能夠做到把那意識的核映象化。但主角的黑盒子與眾不同，很奇怪，其他人的都是混亂無序的，他的卻是條理分明。主角好像本來就以複數的思考體系在分開著使用。他在潛意識裡，自己都不知道的狀況之下，把自己的身分分成兩個在使用。也就是說，他意識的核就是世界末日，或者反過來說，他就是住在世界末日裡面。

「……你本來就以複數的思考體系在分開著使用。在潛意識裡，自己都不知道的情況下，把自己的身分認知分為兩個在使用。」(p.354)

「也就是說那是你的意識之核。你的意識所描繪的東西是世界末日。我不知道你為什麼會把那種東西秘藏在意識底下。但總之，就是那樣。在你的意識中世界已經結束。反過來說你的意識活在世界末日裡面。在那個世界裡現在這個世界應該存在的東西大多欠缺。那裡既沒有時間也沒有空間的延伸，沒有生也沒有死，也沒有正確意義上的價值觀和自我。那裡獸控制著人們的自我。」(p.356-7)

然後博士說了幾句耐人尋味的話：

「不過你在那個世界，或許可以把你在這裡所失去的東西重新找回來。你已經失去的東西，和正在繼續失去的東西。」(p.361)

「……有些人不得不在矛盾的莫名其妙的混沌世界裡永遠徘徊。但你不一樣，你是適合不死的人。」(p.375)

「沒有什麼可怕的，好嗎？這不是死，是永遠
的生。而且在那裡你可以做自己。比較起來，
現在這邊這個世界只不過像個浮華虛假的幻影
而已。」(p.380)

　　街的世界，究竟是完全的、永生不死的，還是病態的、
不自然而錯的呢？上校有一次說道：

「因為誰都不需要什麼意義，也沒有人想要到
達什麼地方。我們在這裡大家都各自繼續挖著
純粹的洞穴。沒有目的的行為，沒有進步的努
力，到達不了什麼地方的步行，你不覺得很棒
嗎？誰也不會傷害人，誰也不會被傷害。誰也
不會超越誰，誰也不會被超越。既沒有勝利，
也沒有敗北。」

…………

「也許對你來說這個街的成立方式有些東西顯
得不自然。但對我們來說這些是很自然的。自
然、純粹、安詳。

…………

「你現在也許正害怕著失去所謂心這東西。我
也害怕過啊。不過這並沒有什麼可恥的。」

…………

「不過只要把心丟掉，安寧就會來臨。你從來

沒有體驗過的深深的安寧。」(p.419)

影子站在相反的立場，他認為這街的完全性成立於失去心的事上。先把影子這個自我母體剔除，等他死去。再把每天產生的微弱的心的泡沫似的東西掏光。

「首先是心的問題。你跟我說這街裡沒有戰爭沒有憎恨也沒有慾望。⋯⋯不過所謂沒有戰爭沒有憎恨沒有慾望也就是指沒有相反的東西。那就是喜悅、至福、愛情。正因為有絕對、有幻滅、有悲哀，才能夠產生喜悅樂趣。沒有絕望的至福是不存在的。那就是我所說的『自然』。其次當然還有愛情。你所說的圖書館女孩也是這樣。也許你真的愛她。但那種心情卻到不了什麼地方。為什麼呢？因為她沒有心這東西。沒有心的人只不過是會走路的幻影而已。」(p.443)

但他確定自己愛她，不能留下她而跟影子一起逃出。但她也不可能跟他們一起走，因為沒有影子的人不能在外面生活。若影子自己逃出去，他會被放逐到森林孤獨一人，還是不能跟她在一起，因為她是「完全」的，也就是沒有心。完全的人住在街裏。不能住在森林裏。

前面已說過，心的掏光，是由獸來進行。獸把每天產生的心回收，再帶到外面的世界去。冬天來的時候，獸就把那樣的自我儲存在體內而死去。殺牠們的不是冬天的寒冷也不是糧食的不足。殺牠們的是街推給牠們的自我的沉重。獸的頭骨刻下的自我，經由夢讀讀過，被釋放到大氣之中，消失無蹤。這就是「古夢」。

> 「……那是完全性的代償。這種完全性到底有什麼意義？只是把一切都推給軟弱無力的東西才保住的完全性啊。」(p.444)

> 「影子如果死了夢讀就停止讀夢，被街同化了。街就是在這樣完全性的循環裡永遠繼續轉著。把不完全的部分壓到不完全的存在裡，而只吸取那上面澄清的部分生存著。你覺得這樣對嗎？這是真正的世界嗎？這是事物應有的姿態嗎？聽我說，你也要從脆弱的不完全的這邊的立場來看看事情。從獸、影子、森林的人們的立場。」(p.445)

講世界末日的時候，一定會想到佛洛伊德世界末日的理論，他在《論自戀》《史瑞伯》的個案史裡面會談到，那是一種妄想精神病的狀態，會有一種世界末日的妄想。佛洛伊德是以原欲全面抽離外在世界，回到自戀

的自大狀態來解釋這個症狀。將小說中的世界末日跟佛洛伊德的版本拿來對照，既有點像又不完全一樣。很難單純地說這個人是精神病，而且這樣解釋也很無聊，可是又有一些地方類似，因爲看起來是眞實世界中有不斷的失落跟受挫，於是他隱遁到內在的自足世界，當然我們並不是在分析他，但還是依稀可以感覺到他內在精神的演變軌跡。

冷酷異境的「我自己」，在博士揭開謎底，得知自己即將從現在這個世界消失，遷移到世界末日的世界時，不停地反思：

> 我到底失去了什麼？
> 我好像一直在繼續失去各種東西、事情、人和感情似的。
> …………
> 不過就算讓我重新來過一次我的人生的話，我想我還是會再度走上一樣的人生吧。爲什麼呢？因爲 —— 那個繼續喪失的人生 —— 就是我自己。我除了成爲我自己之外沒別的路可走。
> …………
> 過去，當我還更年輕的時候，曾經想過我也許可以變成我自己以外的什麼東西。
> …………

我沒有辦法想像所謂不死的世界。(p.452-3)

如果我們試著詮釋這個人的自我狀態，他不知道為甚麼好像一直覺得在失去什麼，他覺得看到那女孩子，一直有失去的感覺，好像跟什麼有關。我會假設，他的自我就是一個不斷失落的自我，也許這個人的我，就是被形塑（或定義）成一個不斷失落的人，好像認定這個我活在世界上就是要不斷地失去，所以即使是在他潛意識的世界末日的街，他也重覆著這些心情，不知道為什麼，什麼都失去，一直在失去。反觀他在所謂的冷酷異境裡面，做為一個計算士的時候，也是這樣，不斷地在失去很多東西。所以兩個世界透過失去產生了巧妙的連結。

佛洛伊德《Mourning and Melancholia》就是在講人的失去會產生怎麼樣的心理反應。確實人生都是一直在失去，但每個人對於失去的反應則各不相同。

故事裡面的主角或許可謂徹底認同了生命中幻想到或經驗到的失去，並且還在自己的潛意識裡化身成一個重覆感受到失落感的我，卻弔詭地生活在一個宣稱是完全的，也就是甚麼都有的地方。我們不禁感歎到底哪個世界讓人比較絕望，是那個註定甚麼都留不住的世界，還是永遠不變地感到失落的靜止世界？

心、生命本能、死亡本能、圓滿

「我沒有辦法捨棄心。」
但我們有必要捨棄心嗎？
人生是生之本能與死亡本能交互編織而成，
苦樂交集實屬必然。
但苦樂常會失衡，我們逐向某個方向傾斜。
無法被涵容而理解的苦痛，不能激勵生之本能，
反而會被排斥和否認。

佛洛伊德的後設心理學，
從精神裝置、本能、到精神歷程的運作原則，
能否導出至福與永恆？
死亡本能終點的精神靜止狀態，
與生命本能起點的最初圓滿，是一是異？

　　主角「我」一直在想到底要怎麼辦，他陷入一個困境裡面，影子跟他講，這裡不是一個好地方，應該要出去，回到原來的世界，可是他愛那個女孩，但事實上他也不可能在一起，因為她沒有心。如果他的影子單獨逃出去，他會被放逐到森林裡，不能跟那女孩在一起。他如果讓影子留在這邊死去，就是捨棄了心，難道他要做一個心死的人嗎？所以他說沒辦法捨棄心。

　　「……我的心不容許我犧牲我的影子和歌而留在這裡。那樣不管能得到什麼樣的安穩，我都不能偽裝我的心。就算那心在不久的將來就要完

全消失了也一樣。那又是另一回事。一旦損壞
的東西，就算它完全消滅了畢竟還是永遠維持
那損壞的。」(p.464)

「……我不想把事情變形成不自然的樣子來得到
妳。要是那樣還不如抱著這個心失去妳還比較
能夠忍受。」(p.465)

後來突然峰迴路轉，他發現有希望找回她的心。

「我記得我母親說過，如果有心，走到哪裡都
不會失去任何東西。這是真的嗎？」
「不知道。」我說。「這是不是真的我不知道。
不過妳母親大概相信這樣吧？不過問題在於妳
相不相信。」
「我想我可以相信。」
「相信？」我吃驚地反問。「妳可以相信嗎？」
「大概。」她說。
「嘿，妳想一想。這是很重要的事。」我說。
「不管怎樣，要相信一件事情很顯然是心的作
用噢。這樣好嗎？假定妳相信某一件事。但那
也許會被背叛也不一定。如果被背叛的話事後
會失望。這就是心的運作本身。妳有所謂心這
東西嗎？」

她搖搖頭。「不知道。我只是在想母親的事而
已。其他的事我並沒有想。只是想到也許可以
相信而已。」(p.465-6)

透過音樂和歌，他找回了女孩的心，也找到自己的心。
我覺得這是小說的另一個高潮，推薦大家親自去閱讀。

我沒辦法捨棄心，我想。不管那是多麼沉重，
有時又是多麼黑暗，但有時它會像鳥一樣在風
中飛舞，也可以看見永遠。連這小小的手風琴
的聲音裡，我都可以讓我的心鑽進裏面去。
(p.490)

最後的轉折則是影子和他的逃脫行動。

「我想到這個街一定有隱藏的出口，剛開始是
直覺，不過後來逐漸變成確信。爲什麼呢？因
爲這個街是完全的街。所謂完全這東西必定含
有所有的可能性。在這意義上這裡甚至不能稱
爲街，而是屬於更流動性的更總體性的東西。
一面提示著所有的可能性一面不斷地改變那形
式，而且維持著那完全性。也就是這裡絕不是
固定的完結的世界，而是一面變動一面完結的世
界。所以如果我希望有逃出口，那麼就有逃出

口。你瞭解我説的嗎？」

「很瞭解。」我説。「我也在昨天才剛剛發
現。這裡也是可能性的世界噢。這裡什麼都
有，什麼都沒有。」(p.515)

最後關頭，他協助奄奄一息的影子逃出去，自己卻
選擇留下來，因爲他領悟到世界末日的街其實就是他自
己，他要在這裡把失去的一切一點一滴找回來。

主角說他沒有辦法捨棄心，但我的問題是，我們有
必要捨棄心嗎？或者是說，要你捨棄心才能取得一個寧
靜跟圓滿，你要嗎？我們可以問這個問題。當然這有點
像宗教或存在的命題，但是試著連結到精神分析的想法
的話，我會想到的是這個 —— 生命本能和死亡本能。
這是佛洛伊德的本能理論發展的最後版本，雖然起初佛洛
伊德在論述原欲理論時是力求嚴謹的科學性，但他最後
的生死本能卻都是有些爭議的。死亡本能並沒有被精神
分析界普遍接受，而生命本能則訴諸一則神話來佐證其
存在。

生命本能和死亡本能各有各的原則，死亡本能的運作
原則叫做涅槃原則(Nirvana principle)，就是把一切東西分
成越來越小，而能量變得越來越低，朝向流失到零爲止，
而回歸到原初的精神靜止 (psychic rest) 狀態。生命本

能則是遵循結合原則 (binding principle)，簡言之就是把東西結合成愈來愈大，朝向一個原初的完整狀態。有人會質疑，生命本能這種傾向，在人的心理或是生理好像沒有真正相應的東西。確實，佛洛伊德是假借一則神話來論述生命本能，也就是假設最初完整的人是雌雄同體的，因天神的懲罰才被分割成男人和女人，因此人才會始終追求著另一半，想要回歸最初的完整。這兩個本能好像是相反的力量，佛洛伊德自己也講過，其實人生本來就是生命本能跟死亡本能相互交織而成，才會有這麼多的苦樂交集，這是人生的常態。

但如果說人生本來就是有苦有樂，我們坦然接受就好。可是事實上並沒有那麼簡單，因為苦樂常常會失衡，於是就會向某個方向傾斜，過度的樂，或過度的苦，都可能造成問題。無法被涵容而理解的苦痛，沒有辦法激勵生之本能，反而會被排斥和否認。我們沒有辦法把苦排出去，那死亡本能和生命本能也許就脫鉤了。

我在這裡想要提一個大膽的假設。在精神分析的文獻裡，死亡本能近幾十年來非常地紅，一直被談論，尤其是克萊恩學派，至於生命本能的探討則相對很少，但無論如何，這兩種本能到底可不可以融通？這跟我們的小說有一點關係，如果說死亡本能，就是說我們所有存在的這些張力，最後都會趨向死亡，也就是平靜、靜止、

就像世界末日那個狀態，而生命本能卻是要帶往愈來愈大的組織，越來越複雜的狀態，那這兩個東西怎麼可能調和？這麼說來，人的生命是不是注定了根本不可能有所謂圓滿？就像佛洛伊德說，精神分析其實就是把 neurotic misery 變成everyday unhappiness。換句話說，日常生活充其量就是些不快樂，我們就算了吧，接受庸庸碌碌的一生。可是，真的是這樣子嗎？

我想提的問題是，至少理論上，有沒有可能，所謂生命本能的終點跟死亡本能的終點，其實是同一個呢？雖然小說裡的街，描繪的是有點病態的一個靜止世界，其中所謂畫了一個完整的圓，其實是一個虛假的圓滿，可是我想問的是，我們這個世俗的人生，庸庸碌碌的人生，難道真的不可能有一種真正的圓滿，而不是自欺的、虛假的圓滿？生命和死亡這兩個本能，如果說真的有融合的機會，它們的終點會不會其實是同一個呢？如果生命真的有一個最初的完整狀態等著我們去回歸，那和佛洛伊德念茲在茲的最初的精神靜止狀態，是在一條直線的相反兩端，或是它們可能走過怎樣曲折的過程而回到原地會合？我在這裡初步拋出這個問題請大家思考。

《1Q84》

通往兩個月亮的潛意識世界

盧志彬

精神科醫師

臺灣精神分析學會會員

It's a Barnum and Bailey world,

這是個馬戲團一樣的世界，

Just as phony as it can be,

一切都是假裝的。

But it wouldn't be make

不過如果你相信我，

If you believed in me.

一切都可以變成真的。

————*It's only a Paper Moon*

(E.Y.Harburg & Harold Arlen)

這是《1Q84》開頭的一首詩，我下了個標題：「如果相信，這一切都會是真的」。小說一開始，村上就揭櫫了要講的事情是很喧嘩、很魔幻、甚至很滑稽的，充滿了各種的可能，他要呈現一個潛意識的幻想世界給大家。

《1Q84》是一部還沒有寫完的小說。林建國教授提到，如果一部小說裡，只是「愛」，然後就「死亡」，

這部小說一定失敗。在《1Q84》看到村上要為生命找一個出口，也可以說是，要為潛意識的痛苦找到出口。劉醫師說到：「聽聲音的人」。「聽」這件事情可以跟精神分析連結，而《世界末日與冷酷異境》中常常提到的「心」，如果失去這個「心」，好像就是失去了跟潛意識的連結。如何回到潛意識裡面，讓自己得到救贖，就是精神分析要做的事情，這是佛洛伊德在1914年談精神分析技術的文章裡的一個概念。他說，人會把一些痛苦的，不想要記得的經驗放到潛意識，但是這些被放到潛意識的內容，卻又會重複地、不斷地被帶回到生活當中，成為個性、症狀、病態的一部分。舉例來說，有一個病人，童年時期被拋棄，這個經驗非常地痛苦，他不想要記得，所以這些經驗就被放到了潛意識，因此，他從來沒有機會去談論它。然而這些潛意識內容並沒有消失，還是會對這個人發揮無比的影響力，所以他長大成人之後，總是不停地跟人建立關係，可是不知道發生了什麼，又切斷關係。譬如，交了女朋友，就會一直一直地重覆這件事，又或者在工作上，也是不停地換工作。這個病人完全沒有辦法去覺察，他在關係裡做了些什麼，而做的這些事情將會導致他再次地被拋棄，他不知道發生了什麼事？佛洛伊德認為這個「被拋棄」的模式，將會一直重覆著，但是這個病人在意識上並不明白這些困境就是他早年生命經驗的複製。意思是說，這些被放到潛意

識的東西，它會不停地回到這個人的生活裡來，製造一些讓他非常痛苦的情境，讓他反覆地陷在這裡頭，沒有辦法解決。如何面對這樣的困境，就是精神分析師跟病人要一起工作去處理的問題。怎麼做呢？基本上就是「傾聽」，個案通常是經由夢或是經由移情來訴說，精神分析師把個案的情緒內容，翻譯成彼此共通的語言，帶回到意識層面。什麼是「翻譯」？意思是說，潛意識的內容太過於痛苦，當事人不想要記得，所以會被層層地包裹、層層地偽裝、層層地扭曲，用一種不被認得、不被了解的話在訴說，分析師得想辦法聽出其中的弦外之音，把它翻譯成彼此都能夠聽懂的話，帶回意識層面，個案才有機會去思考：「到底發生了什麼事情？」分析過程必然遇到阻抗，因為潛意識的內容，一定是個案不想要記得的，當分析師要讓他去認出那些內容，他會有很大的抗拒。但是這件事情那麼重要，經由這個過程，你講出他潛意識內容的時候，個案才有機會去思考，他潛意識裡藏有什麼秘密。就好像「心」不見了，你要把那個「心」找回來才能夠去思考它，才有機會轉變，也就是Working Through，獲得疏通。

2014年臺灣精神分析學會請來比利時分析師 Rudi Vermote 醫師提到，現在的神經科學已經可以將大腦的活動分成兩大系統，並且在這兩種大腦活動裡，定位大腦的位置是哪些部位在負責這些活動。第一個就是

C-system，主要負責人的意識層面活動，譬如邏輯、推理，事情怎麼進行，就會得到什麼樣的結果。又譬如數學演算的思考方式，就是由C-system負責。另外一個是X-system，它是很自動化的大腦運作系統，基本上，就是潛意識的活動，像藝術、音樂、自由聯想，都是X-system非常活躍地表達，在潛意識裡時間毫無限制，或者我們在運動的時候，也是X-system在發揮它的作用。如果用儀器來偵測大腦的活動，大致可以分成三種，一個是思考（thinking），就是剛剛講的C-system，一個是遊走的心智（Mind wandering），大致是跟夢的活動、夢的運動有關的，最後是直覺（Intuition）這個部分，它就是X-system。從腦神經科學來看，人的思考就是有意識及無意識的活動，潛意識的活動跟意識的活動同時在運作著。經由上述，可以看到潛意識真的存在。大腦有一大部分活動是跟潛意識有關，精神分析的工作，就是潛意識在大腦運作的結果，我們想了解潛意識的大腦到底要說什麼。

　　如果用潛意識的大腦來聆聽《1Q84》，會聽到什麼樣的故事呢?表面上這是一個精彩的奇幻愛情冒險故事，充滿了刺激、誘人的點子。但這小說也像是一個夢，夢有一個表面內容，也有一個隱含的內容。《1Q84》表面上的內容是：在1984年，有兩個主角，一個是叫青豆，一個叫天吾，他們都是30歲，青豆是健身教練，但另外

一面，也是一位暗殺者，如果有婦女受到先生的極度暴力，她就把他們送到死亡的世界。天吾是一個升大學補習班的數學教師，另外一面，是一位作家。青豆跟天吾，都在某一個時間點進入1Q84年。小說裡的描述，時間的進展就好像火車在軌道上運行，一直往前走，火車軌道會有一個轉折，它可能原本在A軌道上，但是到那個轉折點，就會轉接到B軌道，火車就會往B軌道走去。原本人活在1984年，到那個轉折點就咖咖咖轉進了1Q84年。1Q84年跟1984年，主要的差異在於，1Q84年的天空有一大一小的兩個月亮，而有一些事情，就只發生在1Q84年，不會發生在1984年，這些很特別的事件，把青豆跟天吾引導到一個叫「先驅」的宗教團體。這個團體背後，由不屬於這個世界的Little People所操控。Little People具有製作「空氣蛹」的能力，並可藉由「空氣蛹」來到這個世界。青豆跟天吾的性命，在兩個月亮的世界當中，也就是在1Q84這個世界當中，受到Little People的威脅，青豆懷抱著堅強的愛跟信念，要跟天吾相遇，也就是她要去找到天吾，她要去解救天吾。表面上這是一個愛情冒險故事。但是，如果我們用潛意識來聆聽這個故事，會聽到小說中的男女主角，天吾跟青豆，他們都是受到了潛意識力量的驅使，因為他們生命都遇到了困境，那些困境，讓他們不得不來到兩個月亮的世界，也就是潛意識的世界。Little People努力地要傳遞某些訊息，他們

需要聽聲音的人，所以Little People就是潛意識，代表了潛意識的世界，他們的聲音一直不停地想要傳達出來，他們的想法需要被翻譯。他們無遠弗屆，力量無比強大。在潛意識的世界裡，青豆跟天吾就有機會去理解人生的困境是怎麼來的，他們也可以在潛意識的世界裡相遇，獲得重生……但村上寫到第三本還沒有發生重生。

　　接下來摘要小說中的一些原文，藉由這些片段來陳述小說跟精神分析心理治療的結合。

天吾腦中一再回返的景象

　　　　天吾最初的記憶是一歲半時的事情。他的母親脫掉襯衫，解開白色長襯裙的肩帶，讓不是父親的男人吸乳頭。嬰兒床上躺著一個嬰兒，他可能就是天吾。他把自己當第三者般眺望著。或者那是他的雙胞胎兄弟嗎？不，不是。在那裡應該是一歲半的自己。他憑直覺知道。嬰兒閉著眼睛，發出微小的沉睡鼻息。對天吾來說，那是人生最初的記憶。 （I. p.21）

　　　　或者那只是假的記憶。一切都是他的意識日後在某種目的或企圖下，擅自捏造出來的？…… 以

捏造的來說，記憶未免太鮮明，太具有說服力
了。當場的光線、氣味、鼓動，那些實際存在
的感覺是壓倒性的，不覺得是造假的。而且，
假定那些場景是實際存在的，很多事情都可以
順利說得通了。無論從理論上，或從情感上。
（ I. p.22 ）

那鮮明的映像沒有前兆的就會出現。......像無聲
海嘯那樣壓倒性地湧來。......讓他手腳麻痺動彈
不得。時間暫時停止流動，周圍的空氣一下子
變稀薄，讓人無法好好呼吸，......身體到處冒出
汗來，可以感覺襯衫腋下逐漸濕掉，全身開始
輕微顫抖。......天吾會假裝暈眩。......看吧，他
們說。只要看這個，他們說。你在這裡，你只
能在這裡，哪裡都去不成，他們說。那訊息一
次又一次的重複。 （ I. p.22-23 ）

從這些片段裡，可以看到天吾一直困擾於，突然閃
到他腦海裡的景象，這個景象，就是他的母親跟一個不
是他父親的男人有性關係，而幼兒的天吾就躺在旁邊。
當這個景象出現時，他動彈不得，完全沒有辦法有任何
的思想進來，他會全身冒冷汗、呼吸急促，什麼事情都
沒有辦法想，只能夠讓這幕影像在幾秒鐘之後慢慢地褪

去，天吾那時候也許正在跟別人講話，或者是他正在寫
什麼東西，只要那個想法突然跑進來，他就什麼事情都
沒有辦法做，只能被困在那裡。

只是複製景象的人生

　　天吾是一個三十歲的男性，從小被爸爸養大，他從
來沒有見過媽媽，對媽媽的樣子，是從爸爸跟媽媽的一
張結婚照裡看到的。據爸爸的描述是，在他還很小的時
候媽媽就生病過世了，但是天吾一直懷疑，媽媽是跟別
的男人跑了。爸爸跟天吾的關係是非常冷淡，爸爸是很
嚴厲的人，跟天吾的情感很淡漠，所以天吾從小就覺得，
他可能不是爸爸親生的小孩，是媽媽外遇生下了他，所
以他大概初中的時候，就到外面去，想辦法用獎學金，
在外面住校，長大成人，從此十多年再也沒跟他爸爸有
任何的聯繫。他一直是一個非常孤單的人，生活裡沒有
朋友，很單調、規律。他唯一有的人際關係是工作上的
人，譬如說，他在補習班教書，所以有補習班的同事，
不然就是，他會寫小說，所以出版社的編輯會跟他有一
些互動，唯一的親密關係就是一個大他十幾歲的女性，
叫做安田恭子，是一個有夫之婦，她有一個家庭，有兩
個小孩和先生，天吾不管這些，他們每一個禮拜，會有
一天安田恭子到他家，然後他們會很親密地享受性愛一

個下午，後來，因為天吾寫了一本小說，觸怒Little
People，Little People力量非常大，他們想辦法要對付天
吾，就把安田恭子從他的生活裡弄不見了，他的女朋友
消失之後，天吾開始思考，安田恭子到底在他生命裡有
什麼意義？

> 安田恭子（天吾現在開始以全名想她了），幾
> 乎沒有提過自己的丈夫。……天吾和她在床上
> 談到各種事情消磨下午的時光，然而在那之
> 間，一次也沒有觸及過她丈夫的話題。而且對
> 天吾來說，並不特別想知道那種事情。也盡可
> 能希望不要知道，自己到底從甚麼樣的男人那
> 裡偷他太太的。（II p.94）

> 無論怎麼想，……他腦子裡浮現的，是穿白色長
> 裙，讓陌生的年輕男人吸著乳頭的母親的姿
> 勢，……在那旁邊天吾自己躺著。簡直像因果循
> 環般。天吾想。那謎樣的年輕男人可能就是今
> 天的天吾自己，天吾所抱的女人就是安田恭子，
> 構圖完全相同，只是人物換掉了而已。那麼我
> 的人生，不過是把自己心中的潛在印象具象化，
> 把它再現的過程而已嗎?（II p.95）

從這兩個片段，一再回返的景象，只是複製的人生，

都可以看到佛洛伊德的理論，那個被放到潛意識裡的東西，就是會想辦法再回到生活裡，成為困境。一直回返的景象，是一種症狀，讓他非常地不舒服，他跟安田恭子的情愛關係，其實在天吾自己的家庭裡，他的媽媽跟另外一個年輕男人外遇，他爸爸在旁邊，他也在旁邊，在他的情愛關係裡面，他跟安田恭子在一起，安田恭子有小孩、有先生，這個場景其實是一樣的，只是裡面的主角被換過來，也就是天吾複製了他早年想要忘記的痛苦場景，這場景卻再被複製到他的生活裡面來，這些困境，到底對天吾來說，有著什麼樣的心理意涵呢？

伊底帕斯情結還是毀滅焦慮？

小說裡有這樣的描述：

還是嬰兒的天吾目擊那個情景，一定很害怕。
應該讓自己吸的乳房卻不知道是誰的別人吸著。
比自己大而強壯的誰。而且在母親的腦子裡，
自己的存在，就算是一時的也罷，看起來似乎
是消失了。那狀況從根本威脅到弱小的他的生
存。那時候的根本性恐怖，或許已經激烈地烙
印在他意識的感光紙上了。（Ⅰp.374）

從這段描述，可以看到天吾跟另外一個人在競爭，競爭著他媽媽的乳房，那個人是比自己大而強壯的誰，顯然大家一定會想到伊底帕斯的場景，除此之外，他也

說，他的存在，他自己的存在是不是消失了，而且威脅
到他弱小的他的生存，這個呈現的是一個自體存在的威
脅，這是一種「毀滅焦慮」（annihilation anxiety）威脅
感，這些困境，不管是伊底帕斯情結的問題、威脅，還
是一個「毀滅焦慮」的困難，都讓天吾可以感覺到痛苦，
他想要知道自己是誰，從哪裡來，他想要去解決這個生
命的難題，於是，他去找爸爸問清楚，到底他生命的最
初是什麼情況 他的爸爸跟他媽媽是什麼關係？

我甚麼都不是，我是空，
人走了，
要由貓來填補

　　天吾到安養院去見父親，他對爸爸說：「爸爸我是
你兒子……」。接下來，是他爸爸跟他之間的對話：

> 「我沒有兒子。」父親很乾脆的說。……「那麼，
> 我到底是什麼？」天吾問。「你什麼也不是。」
> 父親說。……「這話是什麼意思？」天吾問。「你
> 什麼都不是。」父親以不帶感情的聲音反覆著
> 同樣的話。「以前什麼都不是，現在什麼都不
> 是，以後也什麼都不是。」……「您，換句話說，
> 不是我生物學上的父親是嗎?我們之間沒有血緣
> 關係的意思是嗎?」……「偷接電波是違法行

爲。」父親看著天吾的眼睛說。「就像偷錢和
偷東西一樣。您不覺得嗎?」……「母親離開了
你,拋棄了你,留下了我。可能跟別的男人在
一起,不是嗎?」父親點頭。「偷接電波不是好
事。做了喜歡的事,是無法完全逃掉的。」……
「我什麼也不是。」天吾說。「正如您說的那
樣。就像只是一個人被拋到暗夜的大海裡,浮
著的東西那樣。伸出手也沒有任何人來,高聲
喊也沒有人回答。……我真的什麼都不是,以後
也會什麼都不是。……」(II p.128)

天吾繼續說 「我已經很厭倦活在討厭、憎恨、
埋怨別人中,也很厭倦無法愛別人地活下去了。
我沒有朋友,一個也沒有。而且更糟糕的是,
連愛自己都辦不到。……人要能夠愛誰,而且被
誰愛,才能透過那樣的行爲知道愛自己的方
法。……」(II p.129)

「我明白了。總之您在填滿某種空白。」天吾
說。「那麼,您所留下來的空白要由誰來填補
呢 」「你呀。」父親簡潔的說。並且舉起食指、
筆直有力的指著天吾。「這種事情是一定的啊。
誰所製造的空白由我來填滿。代替的是,我所

製造的空白由你來填滿。就像輪流負責一樣。」

「就像貓填滿了無人的村子那樣」（II p.129）

「我是從空白中生出來的嗎?」（II p.130）

從這些片段，我們可以看到天吾的爸爸很乾脆地說，你不是我兒子，他否認了天吾是他的兒子，然後也間接地說：對，天吾的媽媽是跟別人外遇了，跟別的男人跑了。他的爸爸說，自己就像是一個東西一樣，只是被用來填補丈夫的位置，也是被用來填補爸爸的位置。而天吾自己也像是一個東西一樣，被丟到大海裡，沒有人關心，沒有人在意，在茫茫的人世間飄來飄去。天吾自己就是一個空，他是從空裡面出生的，沒有人在意他，沒有什麼東西被填補進去，所以現在的他依舊是空，以後也永遠會是個空。這個空，在小說裡象徵他到了潛意識世界，或者說做分析工作時，個案也會進到潛意識世界，看到那個空，看到他生命裡的困境，然後呢？該怎麼辦？

小說中有一個「貓之村」，是村上藉用有趣的寓言故事，來說「離開」這件事——沒了之後，得要去「填」那個「空」。「貓之村」是，1930年代，一個德國小說家寫的小故事：一個年輕人到鄉下去，途中無意間在某一個車站下車了，下車後卻發現這是一個沒有人的車站，

他在這個村莊到處逛來逛去，都沒有人，非常地荒蕪，他等等等，等到傍晚的時候，一隻一隻的貓出現了，這些貓會講貓的話，而年輕人可以聽到這些貓在說什麼，可是這些貓並沒有辦法看到年輕人。貓聚在一起嗅出了人的味道，他們想揪出這個不速之客，年輕人感到非常地恐懼，就在驚恐中度過了一個可怕的夜晚。天亮時，貓又不見了，年輕人又回到那個車站，想辦法要坐車離開「貓之村」，但是這個車站的列車，一班一班地開過去，怎麼都沒停下來？他驚恐地發現，雖然可以看到火車，但是他跟火車並不在同一個世界裡，他根本沒辦法坐上火車離開這裡。

這個故事似乎在說，人失去了什麼或分離之後的那個「空」，得要用不是人的東西去填補，就像是用貓去填，但是貓去填了之後，那個空，還是空，還是不是人啊！因為是貓去填，所以那個被填以後的世界並不是人的地方。這個人雖說有東西被填進來，可是它終究不是人，所以被填進去以後，他依舊還是一個空的狀態。

青豆來到兩個月亮的世界，世界變了，
原則不再相同，
天上浮著兩個月亮，
一個小月亮，和一個大月亮。

接下來談談女主角青豆。她也是一個孤獨的人，從小離家，靠自己的力量長大。她會來到兩個月亮的世界，有這樣的緣由：她有一個最好的朋友，大概是生活裡最重要的人過世了，她是被先生一直家暴，然後自殺身亡。因此，青豆陷入了非常深的憂鬱中，最後，決定要主持正義，或者說她要變成一個拯救者，去拯救那些被虐待的婦女同胞。她若看到那些一直不停地虐待老婆的人，覺得這些人實在無可救藥了，就想辦法把他們殺掉，她因為拯救，這樣一個希望，她為了要去救人而殺人這個狀態，進到了這個潛意識的世界，或者是說進到這個兩個月亮的世界裡面，她在這兩個月亮的世界裡面，她是非常敏感的，她很快地注意到，這兩個月亮的世界，世界變了，原則不再相同，天上浮著兩個月亮，一個小月亮和一個大月亮，最重要的是，她生命裡唯一，還對她有意義存在的人，就是天吾，因為天吾小時候幫助了她，讓她感覺到自己還有被看見，所以她在兩個月亮的世界裡，知道天吾的性命受到威脅，於是很努力地要找到天吾，要去拯救他，願意用自己的生命來交換。

聽聲音的人

小說裡一個很重要的角色叫Little People，Little People 是住在另一個世界的人，但也不是人，他們是

另外一個世界的存在，他們一直有訊息要傳達出來，卻沒有辦法自己講，他們要找到聽聲音的人，就是 perceiver、reciever。相對應在精神分析工作，人的潛意識其實是沒有辦法自己去知道的，得經由分析師去讓這些潛意識內容可以被明白，被傳遞出來，所以，Little People 的世界，就是潛意識的世界，它們一直有訊息要被表達出來。

精神分析工作最重要的就是傾聽。小說裡有個重要的「聽聲音的人」就是「先驅」的領導人，他知道有關於「聽聲音的人」的事情，他引用了一本小說《金枝》的內容：

> 「……因為那個時代所謂的王是代表人們『聽聲音的人』。那樣的人主動擔任連接他們和我們的橋樑。而且經過一段時期之後，殺掉這『聽聲音的人』，對共同體來說是不可或缺的事情。是為了好好保持活在地上的人的意識，和 Little People 所發揮的力量的均衡。」（ II p.178）

潛意識的內容經由「聽聲音的人」來傳達，而聽聲音的橋樑卻在一段時間後，就要被毀掉，這樣才能達到均衡。也就是說，人的潛意識很想要傳達給意識的訊息，可能到了某一個程度之後，就要中止，意識不要再去聽

了，我們叫做「阻抗」。溝通是會遇到阻礙的，潛意識內容終究沒有辦法一直地被知道。分析師很努力地要讓被分析者知道他的潛意識內容，他可能會被被分析者攻擊，聽潛意識的聲音是一件很困難的事情。

離開貓之村

天吾去安養院看父親就像是搭電車到「貓之村」去，很幸運的，和寓言中的主角不同，天吾能順利搭上回程列車。在那地方所經驗的事情，似乎爲天吾這個人帶來很大的改變。

> 這麼一來我總算站在出發點了，天吾想。雖然不是弄明白決定性的事實，不過從父親口中所說的事和他的態度，已經隱約可以看見類似自己出生的眞相了。長久以來令他煩惱、混亂的那個「影像」並不是無意義的幻覺。其實並沒有眞正知道那反映了多少眞實。不過那應該是母親留給他的唯一資訊，無論是好是壞，那總是成爲他的人生基礎的東西。由於弄明白了這件事，終於可以實際感覺到自己過去是懷著多麼沉重的心理負擔了。（ II　p.178 ）

　　從這段，看到天吾離開「貓之村」了，他知道不能在這個「空」裡一直停留，他得要離開，而且可以順利地離開。明白這件事情，對他來說，雖然不知道那是不是真的，但是已經能讓他開始思考，也可以讓他的心裡負擔解除。他可以開始移動、往前走。在精神分析心理治療裡，這是一件很重要的事情，當個案可以知道那些潛意識內容是怎麼來的、是什麼意義，個案就會發生非常重要的改變。

「空」要如何治療

　　村上用愛情來解救心靈的空白。天吾從小要遺忘的，母親的空、父親的空跟自己的空，因著青豆的進駐而被填補，在兩個月亮的世界裡相逢重生。在精神分析心理治療的世界裡，潛意識的相遇，分析師要讓被分析者看見空，讓什麼東西得以進來，發生改變。小說裡，天吾覺得自己是個空，他要離開貓之村，不要再做填補人。而青豆要到潛意識的世界，也就是到兩個月亮的世界裡跟他相遇。要有人進到內心，這個空才有機會改變。實際上，這在精神分析的治療裡，卻是非常困難進行的事情！如果一個人從小是在一個這麼空、這麼不被看見的狀態底下成長，他對人的關係一定非常地畏懼，他會想辦法把這些空的感覺防衛起來，或者他會非常不相信人

的關係。面對這樣的個案，分析師要想盡各種方式，讓個案看到他的空，而且讓他相信治療者可以幫助他，願意接住他的困境，這個空的轉變才有可能。

　　每個人心裡都有自己的Lilttle People存在，都有兩個月亮的世界，因為每個人的潛意識都在召喚著：要找回自己的心。

《沒有色彩的多崎作》、
死亡母親以及各種顏色的焦慮

過渡空間的死亡與重生

周仁宇

美國華盛頓大學人類學博士

兒童精神科醫師

國際精神分析學會精神分析師

幾世紀以來，人類天真的自戀遭到兩個來自科
學的重大打擊。首先是我們的地球並非宇宙中
心......然後......生物學研究摧毀人類在創世中的
特殊地位.......然而......還有第三個來自當代心理
學研究的打擊，這也是破壞力最大的......自我甚
至不是自己房子的主人，只能甘願於對自己在
無意識間發生之事所知有限。

　　　　　　　　────佛洛伊德　《精神分析引論》1

　　十九世紀快要結束的時候，有一群人聚集在維也納。
他們跌跌撞撞地打造了精神分析這個以無意識為研究對
象的行業，探究那些不斷發生，帶來巨大悲哀，但自己

1　出自 Sigmund Freud (1917). Introductory Lectures on Psycho-Analysis. *SE XVI:*
285。此段文字更完整的譯文是「幾世紀以來，人類天真的自戀遭到兩個來自
科學的重大打擊。首先是我們的地球並非宇宙中心，只不過是難以想像之巨
大天文系統中的一個小碎片。這讓我們想起哥白尼的名字，雖然以前亞歷山
大學派科學家早已有人提及。然後第二個打擊出現在生物學研究摧毀人類在
創世中的特殊地位並證實了，人演化自動物以及人無可泯滅的動物性。這個
對人的重新評價由達爾文、華萊士以及他們的追隨者在我們的時代完成，雖
然也有許多最強力的反對者。然而人類的自大意志還有第三個來自當代心理
學研究的打擊，這也是破壞力最大的。其試圖證明自我甚至不是自己房子的
主人，只能甘願於對自己在無意識間發生之事所知有限」。

卻所知有限的事。不過,他們並沒有太多時間站穩腳步。才過沒多久,大規模的種族屠殺就降臨歐陸,那些由人所執行,但也令人無法理解的罪行,彷彿印證著人真的對自己所知有限。這群分析師即使活了下來也都流離失所。精神分析於是隨著他們四處飄散,各自以不同面貌茁壯或凋零。就像玉山圓柏在台灣高山稜線的迎風處[2],只會長成匍伏於地的矮灌木叢,但同樣的基因在島嶼的某些地方[3]卻可以長成高達三十五公尺的巨木。這些令人屏息仰望的偉大森林,也可能因為一根煙蒂或一道閃電而讓儲存了三千多年的陽光、空氣、水、靈氣和芳香,在幾天之內化做一望無際的殘骸。精神分析也是如此,過去的一百年來,一群又一群的分析師在地表的不同角落以各自的驕傲、興奮、挫折和哀傷留下形形色色消長變異的痕跡。

作為一個台灣的分析師,我常被問:「這個西方的學問,真的可以用來理解台灣人嗎?」且讓我們暫時不管問題裡,關於東西方的刻板論調,畢竟大多時候我還多少可以理解提問人的心情。有的是關心文化差異帶來

---

[2] 雪山山塊、玉山山塊、以及中央山脈三千至四千公尺之間森林界限以上,接近稜線的地帶。

[3] 雪山北峰、翠池至下翠池間、南湖大山東南稜、南湖池、秀姑馬博連稜、玉山北峰東側鞍部等地,仍然存在著令人屏息的偉大圓柏純林或圓柏冷杉混合林。

的困難，就像第一次去我的布農朋友家吃飯時，他爸爸鄭重地問道：「我們的小米酒你喝得習慣嗎？」不過有人則語帶批判，像在指控後殖民時代的買辦。不論善意或挑戰，要回答這個問題總是不容易，畢竟精神分析是個關於無意識的學問，探究的是那些因為承受不起而必須忘記，卻又因為忘記而無法哀悼的事。不同文化裡，人們有各種獨特的方式去面對並理解愛恨，去忘掉不同部分的人生，去過自以為想要或不得不要的生活，去長成自己喜歡或覺得別人會喜歡的樣子。但或許因為遠古時代共同祖先留下的基因，或生命剛在地球形成時的遙遠記憶，讓人類儘管可以長得如此不同，但創傷、憂鬱、分裂、恨意、哀悼、復原、追求、愛戀，終究和仰望星空、航向大海、向祖靈求禱這些事一樣，不厭其煩地說明著：不管我們自認是什麼民族，甚至宣稱和什麼民族有血海深仇，我們都終究是人，終究不得不承認對自己所知有限。

過渡空間

　　不管精神分析師在歐陸、英國、北美、南美、亞洲等地長成多麼不同的樣子，他們都得問同樣的問題：究竟人是怎麼在有意無意（或說意識和無意識）之間長成自己的樣子的呢？

能夠說出一套完整回答的人並不多，而溫尼考特的＜過渡客體與過渡現象＞[4]，應該可以算是最有說服力的一篇文章了。雖然在這麼冷門的學問裡談流行相當怪異，但這篇文章的流行程度簡直像堅持不懈的季風，將精神分析的種子帶到世界各個角落。這個魅力，顯然是因為他說了每個人都經歷過，也因此都可以懂的故事。故事開始於全能錯覺，結束於接受現實，而其過程則被稱為「過渡空間」。

嬰兒離開母體前，養份和氧氣源源不絕從臍靜脈流入，廢物從兩條臍動脈回送母體。這是一段什麼都不必做的時光。費倫齊因此說：「和這比起來，腸子裡的寄生蟲就得多做很多工作」[5]。

出生後，運氣如果不要太差，帶著模糊覓食衝動的

---

[4] D. W. Winnicott (1953). Transitional Objects and Transitional Phenomena - A Study of the First Not-Me Possession. *Int. J. Psycho-Anal.*, 34:89-97

[5] Sandor Ferenczi (1952) [1913]. Chapter VIII: Stages in the Development of the Sense of Reality. In *First Contributions to Psycho-Analysis* London: The Hogarth Press and the Institute of Psycho-Analysis. Pp. 218。全文為「在人類發展中有個階段實現了這個理想：一個完全臣服於享樂的存在，而且不止是在想像之中或只是幾乎達成，而是真實存在的事實且完全達到。我指的是人類生命在子宮中渡過的那段時間。在這個階段人類以母親身體寄生蟲的型式生存著。對這個初始的生命而言，外在世界以非常侷限的程度存在著，所有它對保護、溫暖、以及營養的需要都由母親提供。事實上，它甚至不必麻煩自己去拿氧氣和送來給它的養份...和這比起來，腸子裡的寄生蟲就得多做很多工作...」。

嬰兒，就會遇到早已等在那裡的母親。於是他幾乎毫不
費力地經驗到乳汁的氣味溫度口感以及它流過腸道的滿
足、母親懷裡的觸感壓力平衡、週遭的聲響氛圍，然後
這一切都將豐富下次的覓食幻想，使其不再那麼模糊。
此時，嬰兒還不曉得這些滿足都仰賴父母。溫尼考特把
這稱為「錯覺的片刻」[6]，因為嬰兒誤以為這些都是他想
要的，誤以為這一切是自己全能的創作。這當然是錯
覺，其實不論嬰兒得到的是母乳、牛乳、配方乳或狼
乳，只要夠好，只要足夠讓他感到滿足，他還沒完工的
神經網路便能根據這些刺激快速建構，而他會以為這就
是他想要的。其實，原本他根本不知道自己想要什麼[7]。

　　另一個錯覺是大人這邊也以為一切都是父母準備的。
但在不知不覺中，胎兒以神奇的速度進行著準備離開母
體的浩大工程。例如，為了將來能控制感覺運動進食呼
吸，胎兒的大腦平均每秒生成八千個神經細胞和一百八
十萬個突觸[8]。即使以這種難以置信的速度趕工，十個月
還是只能完成百分之十七的大腦。出生後的嬰兒雖然「幾
乎」毫不費力，但和子宮裡的日子相比，已是天差地別：

---

[6] D. W. Winnicott (1945). Primitive Emotional Development. *Int. J. Psycho-Anal.*,
26:137-143

[7] 這也是為何溫尼考特說嬰兒需要的是「夠好的母親」，因為在這個時期，夠好就
是完美。

[8] 神經細胞間或神經細胞與器官間的連結

呼吸攝食才能得到養份氧氣，必須自己把廢棄物排出體外。但嬰兒擔得起這樣的要求，胎兒期的趕工已讓他有了可以呼吸的肺，可以攝食消化吸收排泄的口咽食道肝膽胃腸，將養份帶到全身的心血管系統，以及將血液裡的毒物排除的腎臟。況且，沒有人會要求他去賺錢煮飯或走到廁所大便。

　　只完成六分之一的大腦就來到人世的嬰兒當然需要仰賴父母。此時，嬰兒至多「只有」十億個神經細胞和五百兆個突觸。一般普遍相信為了要趁頭還沒太大之前通過產道，胎兒不得不在極為脆弱時就離開母體。不過，艾德曼，的《神經天擇說》提供了另一種可能：為了接下來即將出現的那百分之八十三的神經系統，胎兒必須離開母體，必須依靠出生後的經驗刺激來選擇接下來哪些神經和突觸該留下，哪些該消失。如果沒有現實世界的指引，嬰兒的大腦或許會像是迷航星際的太空船那樣失去方向。1970年因為免疫研究而拿到諾貝爾醫學獎的艾德曼，沒能藉神經學再拿一座獎就在2014年過世了。不過他的研究支持了溫尼考特1945年在小兒科診間裡所做的充滿詩意的推論：「現實餵養著嬰兒的幻想。」10

---

9 Gerald Edelman and Giulio Tononi (2000). *A Universe of Consciousness: How Matter Becomes Imagination.* New York: Basic Books.

10 D. W. Winnicott (1945). Primitive Emotional Development. *Int. J. Psycho-Anal.,* 26:137-143

從假的開始才會有眞的安全感

那麼，人類嬰兒究竟是辛勞還是懶惰，是全能還是無能呢？溫尼考特說關鍵在於「錯覺」。人在一連串的誤會裡持續地以爲自己是全能的：一開始小嬰兒以爲一切（乳汁、擁抱、好聽的歌）都是自己的一部分；然後更大一點以後誤以爲自己能夠全能地控制父母；再然後，運動控制能力越來越好的小小孩誤以爲泰迪熊或小被被是自己了不起的發現；然後再然後，青少年誤以爲自己可以完全獨立，成人的我們活著誤以爲一定會有明天，於是毫不懷疑地對彼此說明天見、下週見、明年見。

這個故事也可以從另一個角度來看：剛出生時「錯覺的片刻」是絕對的，是純粹一粒沙子都沒有的那種誤會。但接下來，誤以爲可以控制父母的孩子至少已經知道父母和自己是分離的。成人們只要稍微思考一下，都知道明天不一定會來。但是此時，安全感已經站穩腳步。雖然「知道」，但我們不會一天到晚想著人生無常。所以，雖然「知道」人最終難免一死，但大部分人都不會在向新生兒父母道賀時想到或說出這種話來。相反地，我們會說些我們其實沒有絕對把握的話：健康好命聰明成功之類的。這不是因爲人們虛僞，這是因爲安全感容許他們眞誠地相信願望的力量。

一個沒有在人生最初的誤會中形成安全感的人，一個得要拼了命笑或哭或喊叫才能在父母臉上擠出表情的人，一個從太小的時候就真的得自己照顧自己長大的人是無法真心相信願望的。溫尼考特說這樣的人沒有走過「向著經驗前進的旅程」，他們迷失在途中，因為他們太早（在還沒有足夠能力之前）承受了現實的打擊，他們沒有「錯覺的片刻」，誤會對他們而言過於奢侈。

但如果我們夠幸運，如果我們的父母沒有挑戰或打破每個成長階段中必須的誤會，如果他們一點一點加入現實，一步一步帶我們從全能自大經由「過渡空間」，進到現實世界裡，那個曾經以為全世界都由自己全能創作的嬰兒，最後將知道地球不是世界的中心，而人類與黑猩猩的基因有百分之九十四的相似，並曉得自己對無意識所知有限，但同時又能承受這三記對自戀的重擊而仍保有安全感。這個說來平凡無奇但又有如神蹟的事實，關鍵在於：母親將世界以嬰兒能夠承受的劑量一點一滴地介紹給嬰兒。

幻滅與母親的直覺

麻省理工的羅伊[11]在家裡裝滿了錄影裝置以迎接第

---

[11] https://www.ted.com/talks/deb_roy_the_birth_of_a_word?language=en

一個小孩出生。他利用九萬小時的錄影和十四萬小時的錄音資料，分析小孩與照顧者在時空中的互動。在他稱為「一個字的誕生」的過程裡，當孩子開始以獨特的方式學習某個字時，例如用「嘎嘎」來表示「水」時，全部的三個照顧者（父母和褓姆）都不約而同地逐漸縮短和水有關的句子的長度，在孩子學會「水」的正確發音的那一刻，句子的長度到達最低點，然後三個照顧者又再度不約而同地把和「水」有關的句子漸漸加長。照顧者的句子長度於是形成一個底部在下的拋物線。羅伊說他兒子在兩歲生日前學會了五百零三個單字，每個學會的剎那都落在各自的拋物線底部。也就是說，在孩子向這個世界學習時，世界也在向孩子學習，學習孩子的學習能力並且調整自己的教學。羅伊演說時聽眾驚訝的表情說明了這一切發生於不知不覺之中。想像一下，如果要求照顧者有意識地，精密地根據孩子學每個字的不同進度，以數百個不同的倒拋物曲線控制自己對孩子說話的長度，這簡直就像把心臟的跳動交給人自己控制一樣無法想像。

雖然沒有麻省理工學院令人暈眩的先進分析技藝，溫尼考特在七十年前就描述了相似的現象。只不過他觀察的不是學習語言的歷程，而是學習接受現實的歷程。透過這個歷程，我們承認自己並非世界中心，人世絕非完美，父母不只愛我一人；但即使如此，我們還是知道

自己、父母以及人世都仍有價值。溫尼考特稱此為「幻滅」，並說這是母親所做的最了不起的一件事[12]。「幻滅」有兩個條件，首先是一定不能完美，完美的世界曾經存在過，在子宮裡，但現在已經不敷孩子成長所需。第二個條件是每次只能幻滅一點點。這兩個條件加起來，便構成了溫尼考特說的「夠好的母親」，這是比完美還更好的母親。常常有人誤會這是一句試圖安慰母親的話，其實他一點這個意思也沒有。在英國國家廣播電台的訪談中，他提到自己作為一個男性，根本就沒有母親的直覺，不怎麼會帶孩子，再怎麼說也沒有資格教母親該如何照顧小嬰兒。他只是以一個看過無數對母嬰的小兒科醫師以及兒童精神分析師的立場，表達對母性直覺的讚嘆。

他觀察到直覺使母親做到剛剛好的不完美，讓孩子慢慢地慢慢地經驗不完美，以致能夠享受不完美。很多精神分析師從各個不同的角度談這個不完美。例如比昂稱這為「可承受的挫折」，唯有可承受的挫折能啟動思考，讓人從經驗中學習。當表達肚子餓了而母親只是稍微晚來一點時，孩子可以開始思考那個稍微晚是什麼，但如果晚太多的話，故事就會走上不同的道路。

---

[12] 這裡的母親泛指照顧者，包括父親、祖父母或褓母。不過極少看到父親陪同小孩就診的兒童心智科醫師一定知道溫尼考特為何選擇用母親一詞。

不過也有人不是從挫折的角度來看不完美。

　　嬰兒發展學家們[13]在一系列的觀察中發現，嬰兒在很早的時候就發現自己的身體提供最完美的因果現象，手舉起來就會看到手，一放下手就不見了，百分之百絕無差錯。但牽涉到別人的事就不是這樣了，哭了以後奶未必馬上就來，把手伸向爸爸未必能夠抓到他口袋裡的筆。瓦特生和葛格理發現，嬰兒出生後總是專注在百分百的完美現象，但三個月後嬰兒便開始喜歡「高度準確但並不完美」的因果現象。喜歡那種極常成功，但未必每次皆然的事。當然，既然是喜歡的話，是否還能被稱為挫折就有點難說了。

　　對嬰兒來說，喜歡歸喜歡，如果沒有片刻不離的母親，「高度準確但並不完美」的因果現象哪有那麼容易。不過還好，大部分的母親都有令人驚嘆的直覺。二十年前，當瑪洛赫[14]試圖在實驗室裡分析母嬰對話時，不由自主地打起了拍子。原本學音樂的他不知經歷了什麼轉

[13] Gergely, G. and Watson, J.S. (1996). The Social Biofeedback Theory of Parental Affect-Mirroring. Int. J. Psycho-Anal., 77:1181-1212; Fonagy, P., Target, M., Gergely, G., Allen, J.G. and Bateman, A.W. (2003). The Developmental Roots of Borderline Personality Disorder in Early Attachment Relationships. *Psychoanal. Inq.*, 23:412-459;

[14] Stephen Malloch and Colwyn Trevarthen (2008): Musicality: Communicating the vitality and interests of life. In *Communicative Musicality: Exploring the Basis of Human Companionship*. Oxford: Oxford University Press.

折到了愛丁堡大學心理系做博士後研究。一注意到自己
打拍子的腳，他馬上做了音譜分析，就這樣意外地發現
母親和嬰兒之間的對話其實像情歌對唱那樣有節奏、旋
律、歌詞，並且充滿情緒轉折。這當然是刻意不來，訓
練不來的。這一切皆出於自然，皆如溫尼考特所言：「萬
般迂迴繁複的人間世事，皆始於簡明單純的開端」。

當直覺出了問題

　　當然這個開端也會有出錯而變得複雜不堪的時候。
五年前在萊比錫的嬰幼兒心理健康大會裡，渡辺久子[15]
在一場名為「溝通的音樂性」的演說中，提到一位早產
兒的母親，因為對於無法將嬰兒留在肚子裡夠久而感到
歉疚。渡辺醫師投影片上的音譜分析一目了然，有時是
孩子找不到母親的回應，有時則是母親急切地打斷孩子
的節奏。看著那音譜上的破碎對話，我開始視線模糊，
感覺自己就站在新生兒加護病房裡，目睹著全身插滿管
線的孩子以及不知所措的母親艱難地試圖建立連結。那
個在羅伊的「一個字的誕生」以及瑪洛赫的母嬰合唱裡
再自然不過的事，在此成了折磨人的無盡陡坡。母親和
嬰兒都費力地向上攀爬，不斷跌下，最後身陷絕望。我

---

[15] 其最新相關研究請參考 Hisako Watanabe (2016). Amae and Communicative Musicality as Inner Resources of Resilience, 15th World Congress of the World Association for Infant Mental Health, Prague.

感覺到那個絕望，也聽到整個演講廳被低聲啜泣充滿。

　　渡辺並沒有把音譜分析給母親看，也沒有試著去教母親怎麼和孩子對話。渡辺相信這是教不來的。她只是在會談中，讓母親慢慢說出那個意外發生的過程：如果那天早上不要出門，如果再多吃一點，如果當初辭職就好了，說不定就可以把孩子留在肚子裡再久一點。作為一位擁有將近五十年執業經驗的兒童精神科醫師，渡辺本能地與母親對話，單純地協助母親哀悼。我常常回想渡辺那天演說時的神情，那裡面有某種類似寫出《地海六部曲》的勒瑰恩為吳明益的《複眼人》寫推薦序時所說的那種「大無畏的溫柔」16。

　　如果說渡辺和母親的對話裡有什麼能被稱為治療的話，我相信那必然是她幫這位母親找回直覺。

　　當下一張投影片顯示著新的音譜分析時，演講廳裡充滿了母嬰合唱所帶來的自然喜悅。那時孩子還在新生兒加護病房裡，而母親真的開始對他哼起了兒歌。雖然寂靜無聲，但我感受到某種聽完精采演奏後想站起來鼓掌的衝動。

---

16 Ursula Le Guin。她說：我們從未讀過任何像這小說的作品。從未有過。南美洲給過我們魔幻寫實－那麼臺灣正在給我們什麼？一個述說的全新方式，述說我們美麗、有趣，恐怖，荒謬，真實的新現實。毫不矯情但絕不殘酷。吳明益以大無畏的溫柔，訴說人性的脆弱以及人世的脆弱。

　　渡辺的作法是來自她做爲治療師的經驗還是身爲母親的直覺，我不得而知。但她的原則和好的調音師一樣，她們都知道如果完全依賴標準答案，就像是只用儀器調音一樣，最終會得到一台每個音都精準無比，但卻沒有靈魂的鋼琴。

　　後來這個孩子好好地長大了，他有（或者說失而復得）一個夠好的母親。於是在他心裡，有一個活生生的內在客體，即使母親不在視線範圍內，她仍在心裡。然後，他可以找到一個過渡客體，或許是一隻泰迪熊，或許是一條小被子。接下來，泰迪熊有一天會被文學、登山、航海、知識、朋友、愛情、子女、以及各種神聖的興趣所取代，如同母親一樣被忘記。最後，孩子的心裡會有一個可以容納另一個人的過渡空間。追根究底，這一切的源頭還是有一個眞實的夠好的母親。否則，不論孩子怎麼努力騙自己，心裡的母親都會逐漸死去。是枝裕和《無人知曉的夏日清晨》[17]裡的母親，就是因爲實在消失得太久，久到她在女兒心裡的生命力就像她送給女兒的指甲油那樣越來越少。內在客體死去，指甲油也就不再有過渡客體的功能，不再能帶來安慰，變成只是死抓住不讓自己崩潰沈沒的浮木。此時，過渡空間不復存在。

---

[17] 誰も知らない（英文片名：Nobody Knows）。改編自1988年巢鴨兒童遺棄事件。

其實我一直都不確定，對於一個成功把世界介紹給孩子的母親而言，這究竟該算是一個快樂還是悲傷的故事？她辛苦為孩子做這一切，讓自己活在孩子心裡，然後再慢慢離開，留下空間給未來孩子所愛的人。這怎麼說都像是一門血本無歸的生意。如果母親成功了，我們該替她喜悅或惋惜呢？如果母親失敗了，那又如何？如果母親先是成功了，但又突然消失，又如何？好不容易建立起來的過渡空間會因為後來發生什麼意外而失去嗎？

死亡母親

葛林[18]在診療室裡注意到一群個案。不同於經驗過母親死去的人，這群個案的憂鬱「很不典型」。葛林在他們的眼神裡看到的不是一般意義上的失落憂鬱，而是某種死亡的氣息，用自戀包裝。在他們的故事裡，都曾經擁有一個活生生的母親，然後有一天她突然陷入哀傷，對嬰兒的興趣消失，關注撤退，變得人在心不在。孩子於是陷入某種無意義之中，失去原有的生命力。在診療室裡，病人常會說到小時候照片裡的自己曾經活潑快樂，但突然在某個時間點之後，所有照片裡的自己都變得沒有表情。就像龐貝城突然被火山灰掩蓋那樣，人都還在，

---

[18] André Green (1973). The Dead Mother. In *On Private Madness*. Madison, CT: International University Press. Pp. 142-173.

但生命被取走了。

　　這通常起因於母親自己的失落：失去心愛的人、事業、或人生的意義。雖然遭受重大打擊，但為了孩子仍然盡力照顧、餵食、洗澡、換尿布、上醫院。不過不再心懷喜悅。生產對母親身體心靈生活環境的衝擊是如此巨大，因此發生這樣的事其實相當普遍。當葛林提出「死亡母親情結」的概念時，許多分析師都有那種「哦，真的是這樣啊」的感覺，確實見過不少這樣的個案，聽過很多這樣的故事，只是沒有用這樣的角度想過而已。

　　就像歷史學家一時找不到文明突然消失的原因那樣，分析師一開始也看不到個案生命力消失的軌跡。在診療室裡看到的，只是一個死寂的個體，包在看似沒有問題的軀殼裡。個案自己也不知道到底發生了什麼，因為當時太小或創傷太大，超過理解能力的範圍，所以無法經由大腦皮質處理，歸檔在海馬迴的記憶區內，反倒一直以亂碼的型式存在。這些亂碼不斷藉由各種機會跑出來，希望得到處理，如同渴望得到安息的鬼魂。

　　這樣的事如果用溫尼考特的話來說，就是過早的幻滅[19]。問題不在幻滅，完美的母親本來就必須退場，但

---

[19] 過早的幻滅　premature disillusionment) 指的是在孩子還沒準備好之前就發現自己和母親皆非全能，就得獨自面對他還無力承受的現實。

若幻滅來得過於突然，過渡空間將被擊碎。孩子此時或許會去求救，找尋出路。但能找誰呢？爸爸？偏偏爸爸常常也被困住。甚至有時他就是造成媽媽憂鬱的人，比如外遇或死亡。有時則是爸爸忙於處理媽媽的狀況再無餘力，於是孩子困在死亡母親與不可及的父親之間[20]。

儘管我們總以為這是遙遠和自己無關的事，其實你我都有可能是故事的主角，只是不記得罷了。佛洛伊德十八個月大時，母親生下只活了半年名為 Julius 的弟弟。多產的佛洛伊德對此顯然沒有太多著墨，直到葛林分析了他關於母親死亡的夢、他對許多以 Julius 為名之人的著迷、他一生的奮鬥軌跡，我們才知道失去母親注意力對佛洛伊德的影響如此深遠。雖然終究會留下難以抹滅的痕跡，但如同佛洛伊德的死亡母親情結也得等到葛林來發掘一樣，事實總會被掩蓋很長的時間。

因此治療時，我們並不知道發生過什麼，只能根據個案的自由聯想以及自己與個案間的愛、恨、理解，在漫長的治療過程中，重塑個案未曾記得或已被遺忘的過去。就像站在濁水溪的出海口，經由分析上游不斷流下的生命與死亡，試圖了解這條溪經歷過的美麗和痛苦。

---

[20] 孩子會為自己尋找出路。嬰兒觀察時，如果被過度忽略的嬰兒看到每週才來一次的觀察者走進家門，馬上就爬過去尋求安慰，我們可能正身處死亡母親情結發生的場景。

要溯完這條最後被稱爲濁水溪的所有源頭，基本上是不可能的，不止是因爲它們太過衆多，也是因爲它們不斷變動21。要回溯從嬰兒時期不斷流進生命裡的各種「運命」同樣是不可能的。但如果我們夠努力，而且努力夠久，我們會得到某種足夠清楚的圖像，關於許多痛苦之所以成爲痛苦的故事。這樣的做法，在不顧一切追求速度和績效的現代受盡嘲諷，被視爲該淘汰的過時技藝。不過，就像當年人人使用農藥的青森，仍然存在著木村秋則那種人一樣（無論如何都要找到方法，讓蘋果樹不用農藥就可以開花結果），在以速度和數量衡量一切的現在，也還仍然存在著一群精神分析師。

雖然葛林非常討厭把嬰兒研究和精神分析混爲一談22，但我總覺得，直接研究和觀察嬰兒，能夠得到很多從診療室裡的重塑無法得到的寶貴資料，就像從濁水溪出海口一路溯回陳有蘭溪再到玉山北壁的溪源，能得到許多無論怎麼分析出海口都得不到的知識。所以我寧

---

21 吳明益 **(2007).**《家離水邊那麼近》。台北：二魚文化。

22 他強調自己所說的嬰兒是成人心中的嬰兒，不是真正的嬰兒。這部分有些道理。他對嬰兒觀察、發展研究以及神經科學的批判請見 Andre Green (2006). "Freud and Modern Psychoanalysis": A Summary of André Green's Presentation. *Mod. Psychoanal.*, 31:1-6 以及 Andre Green (2000) 'Science and science fiction in infant research'. In *Clinical and Observational Psychoanalytic Research : Roots of a Controversy.* Edited by Joseph Sandler, Anne-Marie Sandler and Rosemary Davies. London: Karnac Books.

願從孩子對創傷的反應開始想起。

　　大部分面對著死亡母親的孩子，第一個反應是怪自己：「我是不是做錯了什麼，才會受到處罰？」。但怎麼想都無法理解，沒有啊，我沒有做什麼啊！於是疑問持續，他想不通自己是做了什麼才讓媽媽變成這樣，於是很自然地，他開始怪自己的存在，可能是因為自己不應該存在吧？是因為自己的存在讓媽媽不開心吧？於是孩子開始想死。

過渡空間的死亡

　　關於死亡母親對過渡空間的摧殘，以及過渡空間如何在重創之後重生，《沒有色彩的多崎作和他的巡禮之年》[23]是我所知最好的描述。我純粹以一個讀者的身份，以感謝的心情，珍惜小說家所帶來的感動和理解。精神分析和嬰兒研究都沒能說得這麼明白動人。

> 　　從大學二年級的七月，到第二年的一月，多崎作活著幾乎只想到死。在那之間雖然迎接了二十歲的生日，但那個刻度並沒有任何意義。那

---

[23] 村上春樹 (2013).《色彩を持たない多崎つくると、彼の巡礼の年》。賴明珠譯 (2013).《沒有色彩的多崎作和他的巡禮之年》。台北：時報出版。

些日子,對他來說,覺得斷絕自己的生命是比
任何事情都自然而合理的。……

他在那個時期以一個夢遊症者,或一個還沒發
覺自己已經死掉的死者般活著。太陽升起就醒
來,刷牙,穿上手邊的衣服,便搭車去大學,
在課堂上記筆記。像被強風吹襲的人緊緊抱住
路燈柱子那樣,他只是依眼前的時間表行動而
已。如果沒事他和誰都不開口,回到一個人獨
居的房間坐在地上,靠著牆壁,反覆想著死……

不去想到死時,則完全什麼都不想。什麼都不
想並不是多難的事。既不看報紙,也不聽音樂,
連性慾也沒感覺到。世間所發生的事,對他都
沒有任何意義……

……清潔也是他所緊抱著的柱子之一。洗衣服、
洗澡、刷牙。對吃的事情幾乎毫不在乎……到了
該睡覺的時間,就像吃藥般喝下一小玻璃杯威
士忌……當時的他沒做過一次夢。就算做了,那
些只要一浮現,就會從無處攀手的光溜溜意識
斜坡往虛無的領域滑落下去。

> 多崎作會那樣強烈地被死所吸引的契機非常明
> 顯。就是他長久以來親密交往的四個朋友，有
> 一天斷然告訴他，我們都不想再看到你⋯⋯24

　　這是書的開頭，多崎作因為拋棄而失去生命的動力。事情發生在多崎作大學二年級暑假，他25像平常那樣，一放暑假回到名古屋立刻打電話到四個朋友家裡，但四個人都外出了。於是他分別留了話就一個人到街上散步看電影打發時間，彷彿沒和他們在一起就沒有意義似的。晚餐後以及第二天再打電話也都不在，還感到接電話的人想趕快掛斷，作覺得自己像是「惡質特殊病原菌的帶原者似的」，是不是自己「發生了某種不適當的、不受歡迎的事。」但「那到底是什麼樣的事呢？⋯⋯怎麼想都想不到。」當然想不到！他繼續打電話，相信會有反應。結果藍仔26打電話來沒有開場白就說「抱歉，請你別再打電話到我們每個人的家了。」作問 「嘿，到底發生了什麼？」藍仔說 「問你自己呀。」並且，作「從中些微可以聽出悲哀和憤怒的顫抖。但那也是一瞬之間的事。在作想起該說的話之前電話已經斷了。」

---

24 本文中所有譯文除特別註明外，皆引用賴明珠的譯文。

25 我不確定譯者（賴明珠）在此將「他像平常那樣」譯為「我像平常那樣」是否有特殊的用意。或許只是一時錯譯或編輯上的問題，使得第三人稱的小說突然在這一段變成第一人稱，英文譯版就沒有出現這個問題。

26 あお，譯者將此譯為藍仔，但其實應該是青仔。英文版音譯為Ao。

在一段靜止臉孔[27]實驗的影片[28]中，母親在研究者的安排下先和孩子玩了一陣子，然後在某一刻突然面無表情。嬰兒先是出現驚訝的神色，接著便開始重覆剛才玩時的一切，微笑，拍手，指向遠方，伸手討抱，擠眉弄眼彷彿試著找回失去的歡樂和溫暖。此時母親依然面無表情，嬰兒繼續邊比手劃腳邊哭鬧尖叫。然後他似乎放棄了，開始看著並把玩自己的手，再看向別處，似乎不願再目睹悲劇也像是在另尋出路。但接下來他又再度試著向母親伸出雙手，但沒用，不管怎樣都沒用。終於，他轉過頭去崩潰大哭。就在此時，靜止臉孔結束，母親又變回原本那個活生生的人，安慰，說話，充滿情感的碰觸。影片裡，嬰兒在幾秒內就破涕為笑，毫不記恨的樣子。當然如果臉孔靜止得更久，結局很可能會不一樣。實驗的最初設計者發展心理學家特羅尼克說，情境可以好、壞、或醜惡。「好」指的是我們平常和孩子的互動，「壞」是不好但孩子可以承受，「醜惡」則是完全不給孩子任何機會修復。實驗裡看不到醜惡，因為這樣的實驗違反道德。

但我們沒有力量像操作實驗那樣控制人生，醜惡終

---

[27] Tronick, E., Als, H., Adamson, L., Wise, S., & Brazelton, T. B. (1978). Infants response to entrapment between contradictory   messages in face-to-face interaction. *Journal of the American Academy of Child and Adolescent Psychiatry* 17: 1–13

[28] https://www.youtube.com/watch?v=apzXGEbZht0

究會發生，臉孔終究有可能靜止很長的時間，長到彷彿已經變成了雕像。這時，孩子會做什麼呢？就像多崎作掙扎著問：「到底怎麼了？你告訴我啊！到底怎麼了？」但藍仔沒有回答就掛了電話。葛林說孩子接下來會「退灌注」29。在意識上，孩子會告訴自己：「如果你不愛我那我也不愛你了」。但這只是欺騙自己，只是意識上的報復，在孩子自己所知有限的無意識裡，灌注仍然維持著。換句話說，孩子心裡仍然偷偷愛著媽媽，那個變成雕像的媽媽。於是失去生命力的母親在孩子心裡變成一個像墓碑般的實體，盤據著原本能夠生成發展各種人生可能的過渡空間，拒絕任何東西進來。於是孩子無法真正有愛也無法真正享樂，一切的愛都被冰凍在死亡母親身上。葛林說得直接而恐怖：「愛在母親墳塋上」。

> 在死亡母親情結，以及對母親的空白哀悼背後，
> 我們看到瘋狂的熱情，在其中，母親一直是這個
> 瘋狂熱情的客體，使得對她的哀悼不可能發
> 生......主體整個結構的目的在於一個基本的幻想：
> 要去滋養那個死去的母親，要去維持她永恆不
> 朽。

接下來，孩子會不知不覺地認同母親（讓自己的形象變成母親的形象）。當我們失去某人時，最徹底的抵

---

29 退灌注 (decathexis) 在這裡指的是將原本灌注在母親身上的愛收回。

抗就是變成那人，以爲如此便再也不會失去她。所以佛洛伊德才說，「自我特質是被放棄的客體灌注的沈積，它承載了那些客體選擇的歷史」30。

某種程度來說，我們是所有曾經被我們愛過之人的集合。這原本是一件相當自然的事，但如果認同的對象是死亡母親的話，就是另一回事了。

所有這些葛林所稱的第一波防衛：試圖修復、退灌注、認同，都是爲了挽救或避免承認母親的愛已經不再存在的事實。但這些仍然不夠。當然不夠，而且永遠不會足夠，因爲「記憶或許可以掩蓋，但歷史卻不能改變」。

各種顏色的焦慮

於是，孩子發動第二波防衛：恨意31、性興奮32以及秩序33。前兩者就像兩根圖釘，釘住以秩序爲基礎的理智架構的布，蓋住第一波防衛在心裡留下的冰冷核芯。

---

30 Freud, S. (1923). The Ego and the Id. *The Standard Edition XIX*, 1-66

31 完整原文是次發恨意。之所以說是次發，是因爲恨是在愛撤退後才進駐。

32 完整原文是自體性興奮。指的是不涉及客體對象的性興奮。

33 完整原文是強迫想像。指的是以近似強迫症狀的對秩序的追求來防衛，以避免碰觸痛苦的感受。

或者更精確地說，那是一個白色的墓室。那不是沒有顏色的過渡空間，而是一個被白色焦慮充滿、佔據心靈並不斷汲取能量的實體。孩子最終會對此產生恨意[34]。於是，白色焦慮便被層層黑色焦慮重重地蓋上。診療室裡，因為恨意極為明顯，因此許多受克萊恩啓發的治療師持續地詮釋恨意攻擊。

葛林對克萊恩學派的痛恨極為有名，鋪天蓋地的強烈批判宛如咒罵[35]。他說這樣的追逐永遠到不了最根本的冰冷核芯，這只是強迫個案臣服，只會導向愚笨和無聊[36]。我無意評判誰對誰錯，但在他的氣急敗壞裡，我可以感受到他急於想提醒我們：世界不純然由恨意組成。

關於治療者該做什麼，葛林是這樣說的：不要沈默，那只會惡化空白哀悼的移情並讓分析沈入死寂無聊；也不要直接侵入潛意識幻想或對攻擊做有系統的詮釋，那不會有用。他建議我們想辦法讓自己持續活著、對病人保持興趣、被病人喚醒、溝通其聯想、持續意識到病人在說什麼。葛林不斷強調兩件事：第一，支撐幻滅的能

---

[34] 葛林稱之為「再灌注」。

[35] 在他大部分的著作、演說以及日常對話裡，似乎總是不忘以極其嚴重的用語批判克萊恩。

[36] Green, A. (1974). Surface Analysis, Deep Analysis (The Role of the Preconscious in Psychoanalytical Technique). *Int. Rev. Psycho-Anal.*, 1:415-423

力取決於病人覺得分析師如何愛他37；第二，不要過於暴力地詮釋病人的防衛。換句話說，不要像克萊恩，要像溫尼考特。當然，對自信滿滿的葛林來說，溫尼考特也不是沒有缺點，他說他忽略了性幻想的重要性。

我不知道村上春樹有沒有讀過葛林或溫尼考特，但《沒有色彩的多崎作》這本小說簡直就像是死亡母親情結以及過渡空間的案例報告似的。很可惜，雖然《沒有色彩的多崎作》在一週內賣出了一百萬冊，且於兩年內譯成二十個語言，但死於 2012 年的葛林剛好錯過了隔年才出版的小說，死於 1971 年的溫尼考特當然更不用說。不過，他們三人說的故事幾乎完全一樣，唯一的差別在於《沒有色彩的多崎作》是一本國小學生也能從中獲得感動的書，並且很有可能是村上唯一能夠當成床邊故事的小說。即使父母們把性和暴力的內容全都跳過，他們還是能從孩子臉上的表情確認某種深遠的人類共感。但村上其他的書（像《挪威的森林》或《1Q84》）在跳過性、死亡與暴力的段落之後，故事就完全無法理解了。

在推薦本書時，我得事先警告讀者兩件事。第一，它未必適合當兒童讀物，我之所以說它是很好的床邊故事，是因為父母親知道該在何時跳過什麼，然後用可以

---

37 原文是：支撐幻滅的能力取決於病人覺得分析師如何自戀地灌注在病人身上。

理解承受的方式將書介紹給孩子。第二，當你念太有吸引力的小說給孩子聽時，你得有心理準備，他們不會容許你只把它當床邊小說，因為睡前絕對念不完，所以隔天早餐要念，然後晚餐也要念，任何有可能的時候你都必須念。《沒有色彩的多崎作》便是這樣的一本書。

請大家容許我不依小說的鋪排，只簡要說明故事的開始與結局。多崎作和四個好友在高中時代形成一個調和存在的團體，只要五人在一起就覺得什麼都對。但高中時代過去，而對於自己的人生，作一直都想建造車站。不是火車，是車站，一個空間，一個可以抵達、出發或歇息的空間38。於是畢業後不得不自己一人去東京讀書。但只要一放假，作便會盡快回到名古屋與其他人會合。除了作之外其他四人的名字裡都有顏色：赤松慶（紅仔）、青海悅夫（藍仔）、白根柚木（白妞）、黑埜惠里（黑妞）。

脆弱而美麗的白根柚木有一天突然像是被惡靈附身似地失去了生命力，並且不知為何告訴其他人自己被多崎作強暴了。雖然沒人相信，但黑埜惠里認為白妞那時已瀕臨崩潰，所以她只能把多崎作給切開。在故事的最後，黑妞對作說：

---

38 或許我們也可以說那是一個過渡空間。

　　我覺得真是委屈作君你了，我很清楚自己對你
做了很殘忍的舉動......不過，以我來說首先必須
讓柚子恢復正常才行。在那個時間點，那是對
我來說的最優先事項。那孩子正面臨可能失去
生命的嚴重問題，需要我幫忙。只能讓你一個
人想辦法在暗夜的海裡自己游上岸。而且我想
如果是你的話應該可以辦到。你具有那樣的強
度。

　　雖然黑妞沒有錯，多崎作的確有這樣的強度，但在
故事的一開頭，作為讀者的我們未必有這個信心。並且，
關於為何發生以及發生了什麼，所有人都不知道。讀者、
多崎作、治療師、個案都處在未知當中。

　　當沙羅（作交往的女性，書中除了作之外唯一名字
裡也沒有顏色的人）質問作難道不想知道發生那樣的事
的原因嗎？作說：

　　我有生以來第一次被人家這樣斷然拒絕。而且
那對象又是向來比誰都信任的，像自己身體的
一部分般熟悉又親近的四個好朋友。在提到尋
找原因，或修正誤解之前，我首先就受到極大
的打擊。到無法好好站起來的地步。覺得自己
心中好像有什麼斷掉了似的。

　　沙羅說如果是她就會「一直追究原因到自己能接受爲止」。多崎作說：

> 我沒那麼堅強......我想我一定很害怕看到那個。無論眞相是什麼樣的東西，我都不覺得那會讓我得救。不知道爲什麼，但我有類似這樣的確信。

　　於是多崎作回到東京，閉起眼睛，塞起耳朵。在無意識裡如葛林描述的那樣，用秩序的布蓋住那個他自己也不曉得的冰冷核芯，然後用性興奮和恨意把布牢牢釘住。

> 以一個夢遊症者，或一個還沒發覺自己已經死掉的死者般活著。太陽升起就醒來，刷牙，穿上手邊的衣服，便搭車去大學，在課堂上記筆記。像被強風吹襲的人緊緊抱住路燈柱子那樣，他只是依眼前的時間表行動而已。如果沒事他和誰都不開口，回到一個人獨居的房間坐在地上，靠著牆壁，反覆想著死。

　　直到一個被強烈嫉妒折騰的夢。在夢中，作——

> 非常強烈地需要一個女人......她可以把肉體和心

分離……如果是這其中的哪一個我可以給你，她
對作說。肉體或心。但你不能兩樣都得到。所
以現在我要你在這裡選一個。因爲另一個要給
別人，她說。但作要的卻是她的全部。不可以
把哪一半交給別的男人，那是他實在無法忍受
的事。如果這樣的話他兩邊都不要。他想說。
卻無法說。他不能前進，也不能後退。

那時候作所感覺到的，是整個身體被誰的巨大
雙手緊緊勒住般激烈疼痛。肌肉破裂、骨頭吶
喊。而這時，所有的細胞都像快被曬乾了般激
烈乾渴。全身因憤怒而顫抖。爲了她的一半必
須讓給誰的事而憤怒。那憤怒化爲濃濃的液體，
從身體的髓被滴滴榨出來。肺化爲一對狂暴的
風箱，心臟像油門被踩到底的引擎般提高轉速。
並將亢奮的黑暗血液送到身體的末端。他在全
身巨大的震動中驚醒。這就是所謂的嫉妒
啊……

當作醒悟到這就是嫉妒，醒悟到這是世上最絕望的
牢獄時，他告別了與死的虛無面對面過了五個月的黑暗
日子。這段描述裡，幾乎包含了葛林深邃的精神分析語
彙裡的所有元素。與其猜村上是否讀過葛林，不如說這

一切爲所有直立人所共有。無常的人生裡，孩子可以突然被無法理解地丟下，然後用退灌注和認同來抵抗白色焦慮，用秩序、性興奮以及黑色恨意來掩蓋原本被稱爲過渡空間但現在卻塞滿死亡氣息的墓室。

如果孩子夠幸運，有一位不過度沈默或武斷且能一直維持對孩子興趣的治療師的話，他或許可以透過原初場景的性幻想重新找回生命的活力。沙羅便有成爲治療師的能力。

> 「被你擁抱著時，我可以感覺到你好像在某個別的地方似的。在稍微離開我們正在擁抱的地方。你非常溫柔，感覺非常美好，可是卻……」

> 「我眞不明白。」他說。「我在那之間一直只想著妳。」

> 「……雖然如此，你的腦子裡還是有別的什麼東西在裡面。至少有那種類似隔閡的感觸。那或許只有女性才會知道的東西。不管怎麼樣，我想讓你知道的是，對我來說這種關係沒辦法長久繼續。就算喜歡你也不行。我的個性是比看起來更貪心更率直的。如果我跟你往後還要繼續認眞交往的話，我不想讓那什麼夾在中間。

那不明底細的什麼。你明白我說的意思
嗎？」……

「那是因為我心裡有問題？」
「對。你心裡藏有某種問題。那可能是比你自
己所想的還要根深柢固的東西。不過只要你有
那意願，我想問題一定可以解決。就像修理發
現問題的車站一樣，只是為了這個就必須……」

「因此我有必要再去見那四個人一次，跟他們
談談。妳想說的是這件事嗎？」她點點頭。
「……從正面面對過去。不是去看自己想看的東
西，而是去看不得不看的東西喔。如果不這樣
的話，你會繼續抱著那沉重的包袱，度過往後
的人生，所以告訴我四個朋友的名字。讓我先
去快速調查看看，這些人現在正在什麼地方，
做著什麼。」

　　就像《地海巫師》裡，當未來的大法師格得走投無
路時，他的師父歐吉安對他說的話：「你要轉身……若是
你繼續向前，繼續逃，不管你跑去哪裡，都會遇到危險
和邪惡，因為那黑影駕馭著你，選擇你前進的路途。所
以，必須換你來選擇。你必須主動去追尋那追尋你的東
西。你必須主動搜索那搜索你的黑影。」

面對現實需要勇氣

接下來就是多崎作如何慢慢一步一步地去把事實找出來。精神分析的過程中我們也常如此，這需要很長的一段時間，從未知的黑暗裡找出答案。或者說找到全部的自己，包括那些因為難以承受以致曾經必須被遺忘的自己。表面上的故事是多崎作與他的朋友們的故事，但我覺得或許所有的人物：作、沙羅、黑妞、白妞、藍仔、紅仔、灰田、綠川，全都是我們的一部份。就像蘇利文說的：「我們擁有多少人際關係，就有多少個自我」[39]，但在錯覺中，這些部分的自我以極和諧的狀態存在著，直到受到內在或外在的衝擊，使得某些部分必須要被壓制。

發現真實的世界並找回自我的過程並不容易，關於這點，比昂說得很好

> 敢於覺察我們身處之宇宙的事實需要勇氣。那個宇宙未必令人愉快而我們可能想離開，如果無法離開，如果我們的肌肉沒在運作，或如果逃離或引退並不恰當，我們可以退縮進其他型式的逃避：去睡覺、意識不到我們不想意識到

[39] Sullivan, H. S. (1950). The illusion of personal individuality. In: *The fusion of psychiatry and social science.* New York: Norton, 1964, pp. 198-228.

的宇宙或變得無知、理想化。「逃避」是一個
基本的療癒......[40]

　　葛林說孩子寧可供養死亡母親，永久讓他屍身防腐。就算我們有幸在分析過程裡成功理解冰冷核芯，注入生命，個案仍會把他所得的生命全部用來養育死者[41]。每當個案似乎逐漸放下對死亡母親的執著，開始有自己的人生，總是突然又退回原點，彷彿死亡母親拒絕再死第二次。

　　頗受溫尼考特影響的博拉斯曾經發表過一個動人的案例。A在建築公司當技師2年，離職6個月後因為許多困惑而尋求分析。他每到新的工作環境，老闆都覺得他大有前途，但一陣子以後就會開始出問題。此時只要老闆給A一點刺激，他就會找回動力。但情況周而復始，直到老闆終於不得不接受他的請辭。同樣，在診療室內A常變得很沒活力，但分析師只要詢問，他就會暫時活過來。分析師發現並告訴A：「我覺得你每次都引我到很有意義的路上......然後再加以挫敗......你的回憶似乎是

---

[40] Wilfred Bion (1976). Evidence. *Complete Work of Wilfred Bion* X:131

[41] 葛林認為個案無法在外面發展真正的關係，因為他要留住母親這個囚徒，那是他個人的財產，如果她活過來，便可能再失去她。此時我們會在移情當中看到個案所做的一切都不是為了自己，而是為了讓分析師可以提供詮釋，弄得好像是分析師需要病人，而不是他需要分析師。

成癮的，像在為失落的電池充電」。A讓身邊的每個人都經歷他受過的創傷：母親突然失去活力，並且不論怎麼修復最後終歸徒勞。

某天，A走進診療室坐下，目不轉睛靜默地看著分析師五分鐘，直到分析師說「哎呀」A回說「哎呀」。然後分析師說「你想到了什麼？」心想A或許聽錯了。但A以平板空洞的回音說「你想到了什麼？」分析師說「抱歉」，A也說「抱歉」。分析師問了一個問題，A重覆。於是分析師只好說「你一直在重覆我的話」，A回說「你一直在重覆我的話」。到這裡分析師終於再也不知如何繼續，沈默到快結束前才盲目地說了一些話。博拉斯說這是死亡的溝通經驗：「他在我面前，但關係的靈魂滅絕，我完全無法理解。」

透過不知不覺中的認同，A在某種意義上真的成了死亡母親。分析師也不得不扮演起那個一直以來困惑挫折恐懼的A。藉此，A假裝她還活著。當然，這些事在診療室中發生之初，分析師根本不知道死亡母親之事，A也所知有限。必須要等到很久很久，在不斷的堅持與奮戰之後，他們才有機會一起在移情與回憶裡慢慢撿拾拼湊曾經發生的悲劇，以及那個悲劇如何在A的人生中不斷重演的故事。在那之前，我們總是在分析裡身處黑暗，不知自己是否正在前進，是否方向正確，就算知道，也

永遠無法確定這是隧道或山洞，是否終有出口，終有走到世界另一頭的可能。當然，如果夠幸運的話，最後會看到前方洞口的光，然後向著它前進，直到走進一片新天地。如果夠幸運的話。

假若冰雪中你在南橫公路上由西向東前進，你會看到這條公路如何讓偉大的中央山脈天崩地裂地流了數十年的鮮血，你會看到森林的新舊傷口。如果不被落石擊中，你會在海拔 2,772 公尺的高處揮別隔著拉庫音溪與你遙遙相望的南二段與玉山群峰，在塔關山和關山嶺山間的一個小小鞍部，走進刺穿中央山脈骨骼與水脈的大關山隧道。然後你會逐漸進入幾近純粹的黑暗之中，在冷冽的積水和寒風中前行。直到轉過一個大彎，看到前方微小但刺眼的亮光。此時你會知道2009年莫拉克颱風後的大規模岩層崩坍和土石掩埋已經暫時被怪手清走。但樂於知道隧道已被打通的你也會在光芒閃耀中，突然發現頭頂一條一條垂直而下的尖銳冰柱，任何一根掉落都有可能在這短短 615 公尺的隧道裡奪走性命。走出洞口，你會看到從向陽山頂垂直落下一千公尺的崩壁直達新武呂溪的源頭，以及從那裡開始似乎無止無盡往太平洋而去的溪谷。大規模的苦難依然俯拾即是，從 1972 年以來就沒有斷過，但你知道自己至少已經走入陽光的眷顧裡。在分析的黑暗路程中，我們同樣永遠無法透徹地知道自己面臨的是什麼樣的危險。或許有人會以某種充滿道德

的口吻說：這樣還進行分析不是太過違反倫理嗎？就像
常有人指責人們明知危險還去登山一樣。但有誰能說自
己活在世上完全知道自己的處境和危險呢？我們會因此
宣稱明知世界充滿危險還硬要活著是件違反倫理的事嗎？
我們太常為了怕死，而不敢真正的活著。

過渡空間的重生

　　所謂走出隧道，對精神分析而言，或許是承認自己
並非全能，承認人世和人性雖然美麗但極為脆弱。那是
一個認清並且接受現實的片刻，一個溫尼考特所說的，
穿透過渡空間，走過「向著經驗前進的旅程」。然後我
們會打從心底認識到村上藉由紅仔所說的故事，或者葛
林所稱的紅色焦慮（閹割焦慮）。幫企業教育培養人才
的紅仔告訴作：

> 　我每次在新進員工的進修研討會上一開始就會
> 先說這個。我首先會環視整個房間，適當選一
> 個學員讓他站起來。然後這樣說：「好吧，對
> 你來說有一個好消息和一個壞消息。首先是壞
> 消息。現在，要用鉗子拔掉你的手指的指甲，
> 或腳指的指甲。很可憐很抱歉，不過這是已經
> 決定的事，無法改變。」我從皮包裡拿出一個

又大又堅固的鉗子來，讓大家看。慢慢花時間，把那個讓他看。然後說：「接下來是好消息。好消息就是，要被拔掉的是手指甲還是腳指甲，你有選擇的自由。好了，你要哪一邊？必須在十秒之內決定。如果你無法在十秒之內自己決定要哪一邊的話，手和腳，兩邊的指甲都會被拔掉。」然後我手上還拿著鉗子，倒數計時十秒。「我選腳。」大約數到第八秒時，那傢伙說了。「好啊，決定腳。現在開始讓他幫你拔掉腳指甲。不過在那之前，想請教你一個問題。為什麼不是選手而是選腳呢？」我這樣問。對方這樣說「不知道，我想哪一邊都一樣痛吧。但因為不得不選其中的一邊，所以沒辦法就選了腳而已。」我朝他溫和地拍手，然後說「歡迎來到真正的人生」。Welcome to real life……我們都各自握有自由……那是這個故事的重點。

要得到紅仔說的自由，我們非得放掉某些東西不可，不能什麼都要。而我們之所以什麼都要，是因為當初幻滅來得太過突然，母親不是以我們能夠承受的步調逐漸退場，而是突然失去生命力。完全依賴母親的嬰兒，還沒有學會從太陽和大地汲取能量，只能緊緊抱著那個死去的母親，並且向她輸送能量。除非能像多崎作透過夢

境體悟到嫉妒那樣，體悟到自己不願意只得到一半，體
悟到自己要的是完美的母親。如此，才能放手讓死亡母
親再死一次。她當年就是因為離去得太快太無法理解，
所以孩子才會以一種完美但沒有生命的型式保存著她。
這是葛林的話：

> 死亡母親有一天一定得死，另一個人才能被愛，
> 但這個死亡必須緩慢而溫柔，如此對她的愛的
> 記憶才不會消失，才能滋養愛以給將來取代她
> 的人。

　　換句話說，那個原本應該生發萬物卻被死亡佔據的
過渡空間才可以再度成為存在著無限可能的容器。在故
事的結尾，作終於決定去找尋事實，去芬蘭看黑埜惠
理。在作終於了解當年發生的事後，惠理對作說：

> 就算你是空空的容器，那也不錯啊……就算是
> 那樣，你也是非常漂亮、吸引人的容器。自己
> 是什麼，其實這種事誰都不知道。你不覺得嗎？
> 倒不如，你只要做一個形狀美麗的容器就好了。
> 有人會想往裡面放什麼的那種，堅固而令人有
> 好感的容器……嘿，作，只有一件事你一定要
> 記住。你並不缺少什麼色彩。那只不過是名字
> 而已呀。

然後，作走出了隧道，在陽光下面對著最終極的現實。

可能再也不會來到這個地方了。可能再也不會
見到惠理了。兩個人將在各自既定的地方，繼
續往各自的路向前邁進。正如藍仔所說的那樣，
已經無法後退了。這樣想時，一股悲哀不知從
哪裡像水般無聲地湧上來。那是沒有形狀的透
明的悲哀。既是他自己的悲哀，同時也是伸手
搆不到的遠處的悲哀。心像被挖掉般疼痛，呼
吸困難起來。

來到鋪裝道路的地方把車停在路肩，關掉引擎，
靠在方向盤上閉上眼睛。為了調整心臟的節奏，
不得不花時間慢慢深呼吸。這樣做著之間，忽
然發現身體接近中心有一個冷硬的東西，經過
一整年還不會融化的嚴密凍土的芯一般的東西。
那造成胸部的痛和呼吸困難。到目前為止他都
不知道，自己體內有這種東西。

不過那是正確的胸部疼痛，正確的呼吸困難。
那是他不得不確實感覺到的東西。那冷冷的芯。
自己從今以後不得不一點一點地融化。可能需
要花時間。但那是他不能不做的事情。而且為
了融化那凍土，作還需要其他什麼人的溫度。

光靠他自己的體溫還不夠。

正確的胸部疼痛，正確的呼吸困難。精神分析從來都沒有承諾過沒有疼痛以及沒有困難的世界，我們能夠追求的，不過是正確的以及眞實的疼痛和困難。而要融化那凍土，任何人都無法自己完成，都需要另一個人的溫度。

老子道德經的開頭說「道可道，非常道；名可名，非常名」。可以講出來的道理，都不是永恆而完整的道理。同樣，也沒有那種在時空中完美的眞理學說。「無，名萬物之始」，無代表萬物的起源。始由女和胎組成，以尚未受孕的女性象徵無限可能的空間。「有，名萬物之母」，有代表萬物的生成。老子稱無和有的混同爲「萬妙之門」42，要我們同時在兩者之中。這是一切的法則，包括心智及各種創作。母嬰僅是象徵。老子以更像詩的簡潔語言，說出了溫尼考特同樣充滿詩意的論文裡所傳達的關於過渡空間的洞見。人世的種種摧折，都可能重創過渡空間，葛林以他銳利的眼睛和曲折的論述說明了這種創傷在診療室裡的樣貌，而村上則揮灑他編織謊言以照亮眞理的功力，創作了一個過渡空間死而復生、失而復得的故事。

---

42 辛意雲於建中國學社之授課內容 (1985)

後記：

　　林建國教授的演講中，我突然想到，在隔了二十六年之後，《沒有色彩的多崎作》仍然在談和《挪威的森林》幾乎一樣的事，主角也還是二十歲。或許，所有村上的故事都是他自己的療傷歷程。我原本以為，透過多崎作，村上想要為他連寫三冊都無法結束的《1Q84》提供療癒結局。但盧志彬醫師提到村上可能再寫1Q84續集之事，讓我醒悟到，或許每本小說都得要有自己的結局，就好像每個人的夢想只能由自己去完成那樣。但就算每本小說都有了結局，小說家仍然必須不斷地寫，療傷不是一次就完成的事。分析也是如此。所以如果分析師和個案還願意冒險的話，他們就得要繼續不斷地在黑暗中前進。這讓我想起蘋果阿公木村秋則來台灣講學時，在簽名時寫下的字句：あきらめない（不要放棄）。

國家圖書館出版品預行編目 CIP 資料

心的顏色和森林的歌：村上春樹與精神分析/蔡榮裕等作；--初版--高雄市：無境文化,2016.11
面；公分--(生活應用精神分析叢書；2) ＩＳＢＮ 978-986-92972-3-3 (平裝)
1 村上春樹 2 日本文學 3 文學評論 4 精神分析 861.57 105018749

心的顏色和森林的歌／村上春樹與精神分析

作　　　者｜蔡榮裕／林建國／單瑜／劉佳昌／楊明敏／盧志彬／周仁宇
執 行 編 輯｜游雅玲
校　　　稿｜葉翠香

版 面 設 計｜荷米斯廣告設計
印　　　刷｜侑旅印刷事業股份有限公司

出　　版｜Utopie 無境文化事業股份有限公司
地　　址｜802高雄市苓雅區中正一路120號7樓之1
電　　話｜07-3987336
E-mail｜edition.utopie@gmail.com

◆ 精神分析系列 總策劃｜楊明敏
【生活】應用精神分析叢書 策劃｜李俊毅

總 經 銷｜臺灣商務印書館
地　　　址｜23150新北市新店區復興路43號8樓
客服電話｜0800-056-196
客服信箱｜ecptw@cptw.com.tw

初　　版｜2016年 11 月
ＩＳＢＮ｜978-986-92972-3-3
定　　價｜350 元